Moi, GOA

12 ans et déjà trop de galères !

Titre original : *Me Llamo Goa*
Première édition en mars 2023 par le groupe Penguin Random House Grupo Editorial S. A. U.
Travessera de Gràcia, 47-49. 08021 Barcelona.

Pour l'édition française
Direction de la publication : Sophie Chanourdie
Édition : Anne Létoré
Suivi artistique : Mélissa Chalot
Mise en pages : Fanny Bouchet
Fabrication : Rebecca Dubois

21, rue du Montparnasse – 75006 Paris
ISBN : 978-2-03-606128-6
Imprimé en Espagne
Dépôt légal : mars 2024
335130-01/11054102 – février 2024

Conforme à la loi n° 49-956 du 16 juillet 1949 sur les publications destinées à la jeunesse.

PAPIER CERTIFIÉ

LAROUSSE s'engage pour l'environnement en réduisant l'empreinte carbone de ses livres. Celle de cet exemplaire est de :
800 g éq. CO_2
Rendez-vous sur www.larousse-durable.fr

MÍRIAM TIRADO

SUPER, MON PRÉNOM, HEIN ?

MOI, GOA

12 ANS ET DÉJÀ TROP DE GALÈRES !

ILLUSTRÉ PAR

SHEILA DE LA MAZA

TRADUIT DE L'ESPAGNOL PAR

VANESSA CANAVESI

Larousse Jeunesse

Pour Laia et Lua.
Sachez toujours surfer sur les vagues
et en profiter à fond !

DOUZE

« **Un, deux, trois, quatre, cinq, six, sept, huit, neuf, dix, onze, douze… Un, deux, trois, quatre, cinq, six, sept, huit, neuf, dix, onze, douze…** Le compte est bon ! » Goa recomptait systématiquement ses bougies – il ne fallait pas qu'il y en ait une en trop ou une en moins. Douze tout pile. Douze ans.

– **Fais un voeu !** lança Julia, sa mère, plantée devant elle et prête à immortaliser l'instant.

La fête avait lieu dans la petite cour de la maison, sous l'immense vigne qui grimpait le long du mur. Il faisait un temps parfait pour rester dehors : ni trop froid ni trop chaud. On était en avril, le 25 pour être

exact, et on sentait que l'été n'était plus très loin. Goa vivait dans une vieille maison du centre-ville, une des seules qui, bizarrement, n'avaient pas encore été remplacées par un immeuble à huit étages. Elle était joliment décorée, et même si elle était petite, elle avait quelque chose que Julia, qui l'avait achetée bien avant la naissance de Goa, adorait.

Ce jour-là, dans la cour, tous les regards étaient tournés vers la fille aux cheveux bouclés et aux lunettes bleues. Les invités attendaient qu'elle souffle ses bougies.

« **La honte** », se dit Goa, qui n'allait pas échapper à la trentaine de clichés que sa mère était sur le point de prendre. Elle ferma les yeux et réfléchit. Faire un vœu, ce n'était pas si facile. **D'ailleurs, pourquoi n'en faire qu'un et pas trois ?** Ou quatre, tant qu'on y était ? Après tout, souhaiter quelque chose, ça ne coûtait rien.

Depuis toujours, Goa était incapable de prendre une décision. Avant de faire un choix, elle avait la fâcheuse habitude de passer en revue toutes les possibilités qui s'offraient à elle, et c'était pire. Et même maintenant qu'elle avait grandi et qu'elle gérait mieux certaines choses, elle avait encore un mal fou à se décider.

H A P
I
D

– Dépêche-toi, Goa ! cria un invité. Les bougies vont couler sur le gâteau !

Bonjour la pression !

Mais soudain, elle sut. Paupières fermées, elle pensa : « **Faites que tout redevienne comme avant !** » Elle prit une grosse inspiration et souffla de toutes ses forces en priant pour que sa mère n'ait pas planté une de ces bougies infernales qui se rallument sans cesse. Mais non. Elles s'éteignirent toutes d'un seul coup.

s'il vous plaît, s'il vous plaît !

– **C'est quoi, ton voeu ?** l'interrogea Pablo, son cousin âgé de trois ans de moins qu'elle.

Il avait le nez couvert de taches de rousseur et une casquette vissée sur la tête.

– Je ne peux pas te le dire, sinon il ne se réalisera pas.

– Et si tu me le dis pas, il va se réaliser ?

Goa ne répondit pas. Qu'est-ce qu'elle en savait ? Son cousin avait le don de poser des questions embarrassantes. La jeune fille jeta un regard autour d'elle et se dit que le vœu qu'elle venait de faire allait être très, très difficile à réaliser.

Parce que avant, les choses étaient très, trèèès différentes.

AVANT

Goa était un peu plus grande que ses amis et n'attachait jamais ses cheveux châtain clair (qui prenaient parfois des reflets dorés au soleil). Sa tignasse était tellement bouclée qu'il lui arrivait d'y trouver des dreads. Il n'y avait que pour le sport qu'elle relevait ses cheveux en queue-de-cheval ou en chignon. Et chaque fois, Anna lui disait : **« Ça te va trop bien ! Pourquoi tu n'en fais pas plus souvent ? »** Goa préférait garder ses cheveux lâchés, point. À choisir, elle aurait voulu les avoir lisses, moins compliqués à coiffer. **Et puis, comme elle se trouvait bizarre, elle portait des tee-shirts extralarges,** bariolés et couverts d'inscriptions qui cachaient sa poitrine naissante. Avant, elle était une petite fille très joyeuse. Un peu timide avec les gens qu'elle ne connaissait pas, mais extravertie et enjouée

avec ses proches. Seulement, depuis la fois du canapé… sa joie s'était un peu calmée.

Jamais elle n'oublierait ce fameux jour où sa mère et son père, un an et demi auparavant, lui avaient demandé de s'asseoir sur le canapé et avaient lâché cette bombe : **« On a quelque chose à te dire. Ta mère et moi, on s'est rendu compte qu'on n'était plus heureux ensemble, alors on a décidé de se séparer. Mais nous serons toujours tes parents et nous continuerons de t'aimer. »**

Alberto, son père, n'était pas très grand, mais il en imposait par sa carrure plutôt musclée. Avant cet épisode, Goa ne lui avait jamais entendu cette voix cassée. Pour la première fois, elle avait senti qu'il était vulnérable. Julia l'avait laissé parler **en détournant le regard pour ne pas pleurer.** Ils avaient beau répéter qu'ainsi tout irait mieux, il fallait voir leur tête !

Dans les dessins animés, quand le personnage se prend un coup sur la tête, il tombe à la renverse et des chandelles lui tournent autour du crâne. Voilà comment se sentait Goa à ce moment-là : choquée et sans voix.

« Parle, dis quelque chose », lui avait demandé Julia, préoccupée, après un long silence.

Mais qu'est-ce que vous voulez dire quand vous recevez une nouvelle pareille en plein dans la figure ?

Tout était allé très vite. Goa n'avait pas eu le temps de comprendre ce qui lui arrivait, qu'Alberto avait déménagé. Quelques semaines plus tard, elle s'était retrouvée avec non plus une maison, mais deux (deux chambres, deux brosses à dents, deux bureaux, deux lits…). Elle avait même dû s'acheter **une valise pour pouvoir changer de domicile toutes les cinq minutes.**

Quelle galère !

« **T'inquiète, c'est rien du tout, tu verras !** avait dit son amie Anna, dont les parents étaient séparés depuis quasiment sa naissance. Si tu as des questions, appelle-moi, je suis ceinture noire en divorce. »

Anna plaisantait à longueur de journée, comme si elle ne prenait jamais rien au sérieux. Goa, elle, avait toujours les émotions à fleur de peau. C'était peut-être pour ça qu'elles s'entendaient si bien : elles se complétaient.

Anna était l'optimisme incarné. Elle avait des cheveux bruns ondulés qui lui arrivaient sous les épaules et, contrairement à Goa, elle se faisait souvent des queues-de-cheval. Quand elle s'ennuyait en classe, elle jouait à se coiffer avec des pinces et des élastiques. Elle avait les yeux verts et elle entendait moins bien d'une oreille que de l'autre. « Un jour, je devrai peut-être porter des appareils », expliquait-elle. Alors, au cas où, elle ne se coupait pas les cheveux – de façon à pouvoir cacher ses oreilles si besoin.

Quand Alberto et Julia avaient annoncé à leur fille qu'ils allaient divorcer, la première chose que Goa avait faite, c'était s'enfermer dans sa chambre. La pièce était petite, comme la cour et le salon, mais très chaleureuse, et si bien décorée qu'elle aurait fait pâlir d'envie les influenceurs, d'après la jeune fille. Comme Goa n'avait pas de téléphone portable (ses parents prétendaient qu'il fallait attendre, mais jusqu'à quand ?), elle avait pris la tablette achetée pendant le confinement pour suivre les cours, et elle avait commencé son vlog. Une sorte de **journal intime en vidéo**, parce qu'elle trouvait qu'écrire, c'était complètement dépassé.

Voilà pourquoi je voudrais la peindre en blanc !

Elle s'était placée devant la caméra et avait murmuré :

• REC

Je hais mes parents. Pourquoi il a fallu qu'ils m'appellent GOA ? Qui s'appelle Goa ? Personne. Je suis la seule loseuse à avoir des géniteurs hippies qui sont tombés amoureux sur une plage abandonnée en Inde où ils ont décidé d'avoir une fille. Ils auraient mieux fait d'y rester, à Goa.

Ils n'auraient pas pu m'appeler Maria, Laura ou Paola ? Non, il a fallu qu'ils me donnent un nom bien chelou que je passerai le reste de ma vie à épeler :

G comme « Gros débiles »,
O comme « Oh ! la poisse », et
A comme « Allez tous vous faire voir ».

Je ne leur pardonnerai jamais. Je vous le jure.
Je les déteste ! Je les déteste !

AUTO

Et voilà. Un an et demi plus tard, alors que Goa s'était habituée à aller à droite et à gauche avec sa valise, elle venait de se rendre compte que ce qu'elle désirait le plus au monde, **c'était que tout redevienne comme avant.**

APRÈS

Depuis ce fameux jour du canapé, il se passait quelque chose de bizarre : Goa n'arrêtait pas de rêver de la mer. Plus concrètement, elle rêvait d'eau ; de beaucoup d'eau. Parfois, il y avait des vagues, d'autres fois elle était sur une barque, à bord du *Titanic*, sur un canoé ou sur un Zodiac… **Quand elle croyait enfin avoir fait le tour de la question, un nouveau rêve aquatique apparaissait. Et toujours plus de vagues. Elle commençait à en avoir assez.**

zut à la fin !

En plus, impossible de trouver une explication à ses rêves. D'abord, y réfléchir la faisait souffrir ; elle n'avait pas envie de se rappeler les sensations désagréables qu'elle avait ressenties pendant la nuit. Ensuite, si par hasard elle racontait son rêve, personne ne lui disait jamais rien de constructif. Personne ne savait comment s'en débarrasser.

Anna, qui la connaissait mieux que personne, s'amusait à l'interroger tous les matins sur le chemin de l'école : **« Alors, c'était quoi cette fois ? Canoé ou pédalo ? »**

Ce à quoi Goa répondait : « Je parie que tu adorerais faire des rêves comme les miens ! »

Anna ne rêvait jamais. Bon, en théorie, si, mais elle ne s'en souvenait pas. C'était très agaçant ! Au fond, c'est vrai, elle aurait bien aimé vivre des expériences comme celles de Goa. Mais il n'y avait rien à faire : chaque matin, c'était le trou noir.

Comme l'été approchait, Julia avait proposé à Goa de partir en vacances dans les îles Baléares, à Majorque. Il faudrait s'y rendre en bateau. Goa était ravie, car elle adorait voyager. Mais à la réflexion, elle était partagée entre la curiosité et la peur. **Et si l'un de ses affreux cauchemars se réalisait ?**

Un jour, elle dressa la liste des choses qu'elle aimerait faire sur un bateau.

TRUCS SYMPAS QUI POURRAIENT M'ARRIVER SUR UN BATEAU :

* trouver un billet de dix euros par terre et m'acheter ce que je veux une fois sur l'île.

* Croiser Gina Montori, ma chanteuse préférée au **MONDE**. Mais pas question de faire un selfie avec elle, ce serait trop la honte. Je voudrais juste **LA VOIR** !

* Observer un banc de dauphins sauter à côté du bateau. Truc de dingue !

* Rencontrer quelqu'un de super-sympa qui voudrait bien m'offrir un téléphone portable. Ce truc que mes parents ne veulent pas m'acheter avant **très, très longtemps...**

Grrrrrrrrrr...

LES AMIS

GOA

Anna était, sans aucun doute, la meilleure amie de Goa. Sûrement la seule de la classe à ne l'avoir jamais appelée « Boa » ni chantonné « Boa constricteur, Boa constricteur ». En vrai, il y en avait d'autres. Bruno, par exemple, un garçon maigrichon qui faisait plus jeune que son âge. Il prétendait qu'il allait grandir d'un coup et dépasser tout le monde. Mais Anna et Goa l'aimaient tel qu'il était et elles ne voulaient pas qu'il change. C'était le plus drôle et le plus sympa de la classe. Il était expert en parkour, en sport, et dans n'importe quelle activité qui consistait à sauter ou à escalader. Il y avait aussi Nadia, la plus intelligente et la plus studieuse de la classe (son nom, en arabe, signifiait « la première », et c'est ce qu'elle était).

Le meilleur !

Nadia avait des cheveux très frisés, et sa mère, le week-end, lui faisait systématiquement des tresses ou d'autres coiffures un peu sophistiquées. Ça la tirait tellement que la pauvre arrivait en classe le lundi avec un gros mal de crâne. Elle avait de grands yeux, un long nez, la peau noire, et ses règles étaient arrivées au début de l'année, avant tout le monde. Elle l'avait très mal vécu. Anna et Goa n'avaient pas su comment l'aider.

Goa fit le portrait de chacun de ses amis dans son vlog :

vlog •

ANNA : c'est ma meilleure amie. Je ne sais pas ce que je ferais sans elle. Ça fait seulement deux ans qu'elle est dans notre école mais j'ai l'impression que je la connais depuis toujours. Elle me fait trop rire !

BRUNO : nos mères sont amies. Lui et moi, on est plus comme des frères. C'est drôle parce qu'il est hyper-maladroit avec ses mains, mais avec le reste de son corps, il est hallucinant. Surtout en parkour. Ah ! et il a toujours des idées de dingues super-drôles.

NADIA : on se connaît depuis la maternelle. On n'est pas très proches, mais je sais que je peux compter sur elle. Elle est discrète. Tout le monde l'écoute quand elle parle parce que c'est la plus intelligente d'entre nous.

DAVID : il est beau, un peu impertinent, et c'est le seul garçon des deux classes qui n'aime pas le foot. Rien que pour ça, je l'aime BEAUCOUP !

Ce n'était pas tout à fait vrai. Goa ne l'aimait pas juste pour ça. Au fond, **c'était son amour platonique.** Il était grand, comme elle, et la moitié des élèves considéraient qu'il était le plus beau de l'école. Et il le savait ! Il marchait la tête haute en passant la main dans ses cheveux bruns courts. Même si dans sa description Goa avait fait comme s'il faisait partie de son groupe d'amis, ce n'était pas vraiment le cas. Malgré tout, **il lui arrivait de traîner avec eux de temps en temps,** quand ses copains à lui jouaient au foot. Parmi ses amis « secondaires », la bande de Goa et d'Anna était sa préférée. De tous les amis de Goa, Nadia était la seule à ne pas avoir de parents divorcés. Bon, avant, elles étaient deux, mais depuis le jour du canapé, Nadia était devenue une exception.

La chance !

Du coup, la bande avait un mal fou à se réunir le week-end. Quand Bruno n'allait pas chez son père, Anna était dans les Pyrénées, chez sa mère, et Goa chez Alberto. Puisqu'ils pouvaient difficilement se voir en dehors de l'école, ils se parlaient sur Instagram ou via un jeu vidéo en réseau pour Anna et Bruno. Et tous, hormis Goa et Bruno, avaient un téléphone portable.

Q1

Les amis de Goa étaient tous présents à son anniversaire. Sauf David, bien sûr, que Goa n'avait pas osé inviter. Une fois les bougies soufflées et le gâteau mangé, les quatre amis se retrouvèrent dans la chambre de Goa.

– **On a un cadeau pour toi,** annonça Bruno.

– Fais gaffe, Bruno, ne va pas le casser ! se moqua Anna.

– Tiens.

Nadia tendit à Goa un paquet joliment emballé. À l'intérieur, celle-ci découvrit une barque en matériau recyclé (idée de Nadia et de Bruno) et quatre figurines en argile, certainement réalisées par Anna, l'artiste du groupe.

Avec, il y avait un petit mot :

Si tu rêves de la mer,
sache que tu n'es
pas seule !

Du Anna tout craché. Elle connaissait les angoisses de Goa, et elle était poète dans l'âme.

– Merci ! s'écria Goa. J'adore.

Et aussitôt après arriva le **GRAND dilemme** : dans quelle maison garder ce super-cadeau ? Celle de son père ou celle de sa mère ? **Merdouille !** Ce moment finissait toujours par arriver. Quand elle rapportait de l'école un projet génial ou qu'on lui offrait quelque chose pour décorer sa chambre, elle ne savait jamais quoi en faire. Chez sa mère ? C'était trop petit. Mais agréable. Et c'était la chambre que Goa considérait vraiment comme la sienne. Chez son père ? C'était plus grand, mais la pièce était froide et manquait de personnalité. C'était comme si là-bas, ses affaires ne trouvaient pas leur place.

Pourtant, elle savait que si elle ne mettait jamais d'objets personnels chez son père, elle ne s'y sentirait jamais à l'aise, et il le ressentirait peut-être. Mais ç'aurait été étrange de ne pas garder ses affaires dans sa chambre d'enfance. Une fois, on lui avait offert une très jolie photo d'elle petite ; comme elle ne savait pas où la mettre, elle l'avait cachée dans son placard.

« Problème résolu ! Je ne la verrai pas, mais je ne culpabiliserai pas non plus », s'était-elle dit.

Goa avait du mal à gérer ses émotions. Elle en éprouvait tant que parfois, ça débordait. Et c'est ce qui se passa ce jour-là, le jour de son anniversaire.

UN CADEAU INATTENDU

Le soir, une fois les invités partis, il ne resta plus que les parents de Goa et la nouvelle compagne de son père, Carla. Alberto avait très vite retrouvé quelqu'un. Au bout de six mois, il avait présenté Carla à sa fille, puis ils avaient emménagé ensemble deux semaines plus tard. **Les parents de Goa s'étaient quittés en bons termes. Il y avait bien eu quelques larmes, mais pas de cris.** De la tristesse, mais pas de rancœur. Ils pouvaient désormais dire en toute sincérité qu'ils s'appréciaient et qu'ils étaient amis.

Julia avait appris avant tout le monde qu'Alberto avait une nouvelle compagne. Malgré le choc initial, elle l'avait accepté. Elle était très contente pour lui, et aussi pour Goa, qui aurait une personne de plus pour l'aimer et l'accompagner. Peut-être parce qu'Alberto et Julia avaient des amis dont la séparation s'était mal passée, ils avaient souhaité mettre en avant l'amitié qui les unissait. Et ils avaient réussi !

Au début, Goa avait eu du mal à s'habituer à la présence de Carla. **Elle n'aimait pas voir son père avec une autre femme. Mais Carla était gentille, aimable et douce, et au fur et à mesure, tout était devenu plus facile. N'empêche, Goa se sentait toujours mal à l'aise quand elle voyait Carla à côté de sa mère.**

Trop chelou !

Toutes les deux se parlaient normalement, et même, s'entendaient plutôt bien, mais Goa aurait préféré qu'elles ne se côtoient pas.

Le jour de son anniversaire, elle n'y coupa pas. Puisque son père et Carla avaient décidé de rester après le départ des invités, Goa fila dans sa chambre. Malheureusement, ce moment de tranquillité ne dura pas longtemps.

– **Goa, tu peux descendre, s'il te plaît ?** l'appela Julia au pied de l'escalier.

Goa rejoignit les adultes dans le salon, en traînant les pieds.

– Avant de partir, on aimerait te dire quelque chose, si tu es d'accord, commença Alberto.

Depuis le jour du canapé, Goa paniquait quand elle entendait ce genre de phrases. Par prudence, elle ne répondit rien.

– Allez, parle ! s'impatienta Julia.

– **Carla et moi attendons un enfant.** Ce n'était pas prévu… mais c'est arrivé, et nous voulions que vous soyez les premières au courant.

Le silence qui suivit sembla durer une éternité. La mère de Goa le rompit la première.

– Oh… Quelle surprise ! Félicitations ! Goa, tu vas avoir un petit frère ou une petite sœur, comme tu l'as toujours voulu !

Goa ne pouvait plus parler, ni même réfléchir. Quoi ? Son père ? Un bébé ? Maintenant ? Avec Carla ? Est-ce que c'était une blague ?

– Qu'en penses-tu ? l'interrogea Alberto.

Aussi pâle que si elle avait vu un fantôme, Goa répondit :

– Ah… Bien. À plus !

Et elle monta les marches quatre à quatre pour aller s'enfermer de nouveau dans sa chambre. Son cœur battait si fort qu'elle craignait qu'on l'entende depuis le rez-de-chaussée. Allongée sur son lit, elle prit la tablette, lança l'enregistrement et dit :

• REC

Mon père va avoir un enfant. Non mais sérieux. « Ce n'était pas prévu. » Tu parles ! Ils ne savent pas comment on fait les enfants ? S'il te plaît, papa ! Tu es grand, il me semble !

J'en reviens pas… Un petit frère ? Moi ? Maintenant ? Qu'est-ce que je vais faire avec un bébé à la maison ? Est-ce qu'ils vont lui donner un nom chelou comme le mien ? J'y crois pas… Pourquoi MAINTENANT ? J'ai douze ans ! On ne pourra pas jouer ensemble… Quand il aura dix ans, j'en aurai vingt-deux. Je passerai pour sa mère ! Non mais quelle grosse blague…

AUTO

Elle arrêta la vidéo et hésita à la supprimer. Elle était tellement en colère ! Mais elle n'en eut pas le temps. Quelqu'un frappa à la porte.

– Je peux entrer ? demanda sa mère.

– Une seconde !

Goa rangea la tablette et dit :

– Entre.

– Comment tu te sens ?

– Bien.

– Tu es sûre ?

– Oui.

– Qu'est-ce que ça te fait d'avoir un petit frère ou une petite sœur ?

– Je sais pas.

– Moi, je crois que tu le sais.

– Ben, **rien !**

– Rien bien ou rien pas bien ?

– Rien bizarre.

– Je vois.

– Je suis un peu grande pour avoir un petit frère, non ?

– Peut-être, mais tu vas découvrir ce que ça fait d'être grande sœur, et vous vous aimerez beaucoup, j'en suis sûre. Vous pourrez même jouer ensemble, bien que vous ayez quelques années d'écart.

– …

– C'est une bonne nouvelle, même si tu ne vois pas les choses comme ça pour le moment.

– Je sais pas.

– Ton père est toujours en bas. Il est un peu inquiet, il a peur que tu lui en veuilles. C'est le cas ?

– Non… Enfin… Un peu… Qu'est-ce que j'en sais, moi ? S'il te plaît, maman, tu veux bien partir ?

– Tu as le droit d'être fâchée… Je comprends. Tu veux que je dise à ton père de monter ?

– Non !

Goa avait un nœud dans la gorge. Elle n'avait aucune envie de parler de ça avec sa mère. Discuter avec elle du nouveau fils de son père, ça la mettait très mal à l'aise. **« La pauvre », se disait-elle. Car d'une certaine façon, Julia lui faisait de la peine.** D'un autre côté, Goa n'avait aucune envie d'aborder des sujets aussi intimes avec sa mère. On aurait dit que Julia cherchait à lui faire dire des choses qu'elle ne voulait pas raconter. Il y a encore peu de temps, elles discutaient beaucoup, toutes les deux. Mais Goa aimait de moins en moins se livrer à sa mère. Elle préférait parler

Pourquoi personne ne le comprend ?

à Anna ou s'expliquer devant une caméra, même si personne ne regardait ses vidéos. **C'était comme se parler à soi-même, et cela l'aidait à faire le tri dans ses pensées.**

– Tu ne veux plus parler, n'est-ce pas ? demanda Julia en constatant que Goa commençait à farfouiller dans sa chambre sans plus lui prêter attention.

– Non.

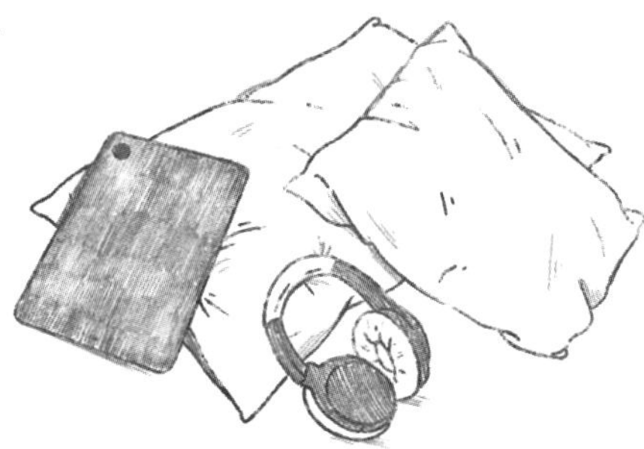

– Entendu. Mais si un jour tu en as envie, tu me le diras, d'accord ?

– Oui.

Juste avant de sortir de la chambre, Julia ajouta :

– Au fait, ne t'inquiète pas pour moi, ma chérie. Je suis ravie pour ton père et Carla. On est amis, rien de plus, et je n'ai aucun problème avec ça. On s'est séparés parce qu'on savait tous les deux que notre relation était terminée. J'ai été surprise tout à l'heure parce que je ne m'y attendais pas, mais ça me rend heureuse qu'il soit heureux.

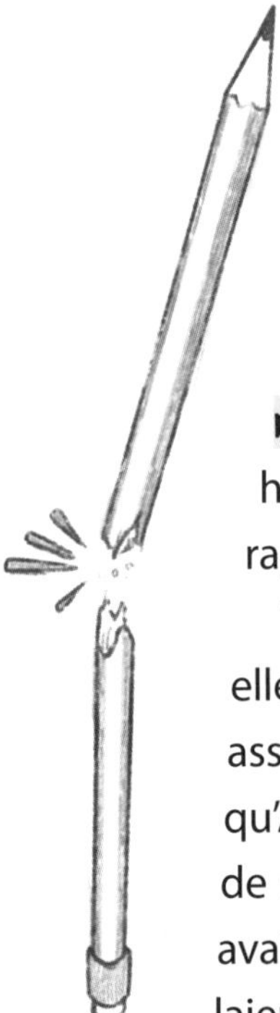

Et elle ferma la porte.

Au même instant, Goa se rendit compte que le vœu qu'elle avait fait cet après-midi en soufflant ses bougies ne se réaliserait jamais. Il n'avait même pas duré cinq heures. Un record ! Goa attrapa un crayon et, de rage, le cassa en deux.

Tout était si étrange ! Elle aimait bien Carla, mais elle continuait de penser que son père était mieux assorti à sa mère. Carla était beaucoup plus grande qu'Alberto. Et elle avait une façon de s'habiller et de se comporter tellement différente de lui ! Goa avait l'impression que quoi qu'ils fassent, ils n'allaient pas du tout ensemble. Ses parents, en revanche, avaient beaucoup de choses en commun… Du moins, c'est ce qu'elle voulait croire. Julia était belle, Goa l'avait toujours pensé. Elle avait un long cou qui, d'après son père, la faisait ressembler à un cygne élégant. Parce que Julia *était* élégante. Sa démarche était aérienne, et elle relevait ses cheveux bruns bouclés en un chignon ébouriffé qui lui donnait un air désinvolte et très classe en même temps. Elle était vraiment belle.

D'ailleurs, le fait que sa mère soit si belle décourageait de plus en plus Goa, ces derniers temps. Est-ce qu'elle lui ressemblerait, un jour ?

À cet instant, elle entendit la porte d'entrée se fermer. Son père et Carla étaient partis.

UN PETIT FRÈRE

Le lendemain matin, comme toujours depuis deux ans, Anna passa chercher Goa. Elles avaient trois minutes de marche jusqu'à l'école.

– Punaise, Goa, avoir douze ans ne te réussit pas. Tu as vu ta tête ? Tu n'as pas dormi ou quoi ?

– Pas beaucoup.

– Qu'est-ce qui s'est passé ? Tu as encore navigué toute la nuit ?

– Non, non. Mais j'ai eu du mal à m'endormir.

– Pourquoi ?

– Je vais avoir un petit frère.

– Quoi ? Qu'est-ce que tu dis ? Mais c'est génial ! Ta mère est enceinte ? Qui est le père ?

– Mais non, patate ! Pas ma mère ! Mon père…

– Sérieux ? Avec sa nouvelle petite amie ?

Pas exactement…

– Oui.

– J'y crois pas. C'est génial ! Tu vas pouvoir jouer à la poupée.

– Arrête, Anna…

– Oups, pardon, mais tu sais que j'adore les bébés. Alors, tu en penses quoi ?

– Je sais pas. C'est bizarre.

– Ouais, super-bizarre. Mais bon, pas tant que ça quand on y pense… Ça arrive à plein de gens, non ? La mère de Rachel, de l'autre classe, a eu un bébé il y a deux mois. Et pas avec son père.

– Ouais. Ça reste bizarre quand même.

– Perso, j'adorerais avoir un petit frère ! Mais je peux toujours courir…

Pour la première fois depuis la veille, Goa sourit.

– Je te laisserai venir voir le mien !

– Et comment tu sais que ce sera un garçon ? Si ça se trouve, ce sera une fille ! On lui fera des tresses et on lui apprendra à se défendre des gros débiles qui embêtent les autres à l'école.

Goa éclata de rire, légèrement rassurée.

Elle avait toujours voulu avoir un petit frère ou une petite sœur. Pendant de nombreuses années, elle avait tanné ses parents. Elle ignorait s'ils avaient essayé d'en avoir, mais le fait est que ce bébé n'était jamais arrivé. Bien avant qu'ils se séparent, Goa avait cessé de demander ; elle avait accepté le fait qu'elle serait fille unique. Comme elle adorait faire des listes, elle en avait dressé quelques-unes à propos des avantages de ne pas avoir de frères et sœurs, et elles l'avaient confortée dans sa résignation. C'est pourquoi elle avait tant de mal à se faire à cette idée, désormais.

Tandis que Goa retournait cette histoire dans sa tête, Anna marchait en pensant à l'avenir. Il restait deux mois avant la fin de l'année. À la rentrée suivante, ils entreraient tous à l'école secondaire.

Eh oui ! En Espagne, on rentre au collège à douze ans. La sixième fait partie du primaire.

– Je me demande dans quel collège on ira…

C'était encore un mystère. Goa se contenta de hausser les épaules en pensant : « S'il vous plaît, faites que je sois dans la même classe qu'Anna ! Elle me remonte toujours le moral. »

En classe, les élèves travaillèrent sur le projet qui allait les occuper en cette fin d'année : le voyage scolaire. Ils avaient déterminé ensemble le lieu et les activités qu'ils voulaient y faire. Le départ aurait lieu dans deux semaines, et l'excitation était à son comble. Goa, très occupée, ne pensa plus à son futur demi-frère jusqu'à la fin des cours.

Trooop hâte !

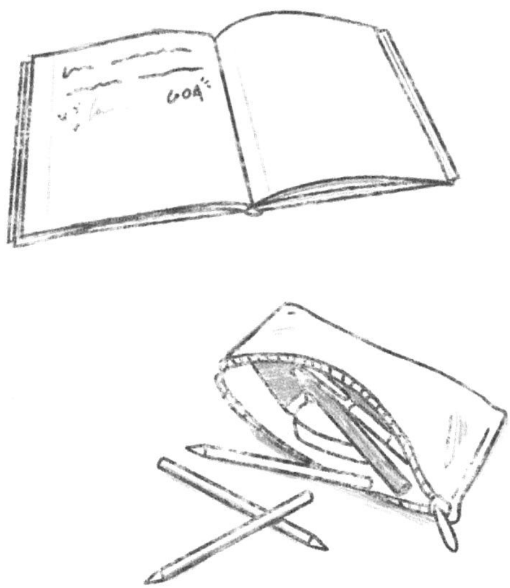

QU'EST-CE QUE TU FAIS LÀ ?

À la fin de la journée, Goa fut étonnée de voir son père l'attendre devant l'école. Ce n'était pas « son jour ». Quand on a des parents divorcés, il y a certaines choses qui ne changent jamais. Alors quand quelque chose n'est pas comme d'habitude, ça se voit. Julia et Alberto partageaient la garde de Goa à cinquante cinquante ; c'est-à-dire qu'ils devaient se répartir équitablement les jours qu'ils passaient avec leur fille. Le lundi et le mardi, Goa était chez sa mère. Le mercredi et le jeudi, chez son père. Et elle passait le vendredi chez celui qui avait sa garde le week end. Ainsi, certaines semaines, elle voyait plus son père que sa mère, et inversement.

Au fond, Goa ne s'était toujours pas habituée à ce fonctionnement. **« Ça ne fait pas longtemps qu'ils se sont séparés. Un jour, ça te semblera tout à fait naturel »**, prétendait Anna.

Donc quand Goa aperçut son père, elle se figea.

– **Qu'est-ce que tu fais là ?** lui demanda-t-elle sans même le saluer.

– Bonjour, Goa. J'avais envie de te voir, dit Alberto.

– Ce n'est pas ton jour, aujourd'hui !

– Je sais. Je voulais t'emmener goûter, puis t'accompagner au volley. Ça te va ?

– Mais, d'habitude j'y vais avec Anna et Nadia…

– S'il te plaît, Goa… Il faut qu'on parle.

« Qu'est-ce que c'est que cette manie de toujours vouloir parler ? **Pourquoi les gens ne comprennent pas que je ne veux PAS parler ?** » pensa Goa. Au lieu de ça, elle se contenta de répondre :

– **D'accord…**

Puis elle se retourna vers ses copines et cria :

– Allez-y sans moi !

Anna lui fit un clin d'œil, et Goa et son père se mirent en route. Elle savait où il voulait l'amener. Près de l'école se trouvait un café super-sympa que Goa adorait. Il faisait des tartines à l'avocat à tomber par terre.

Sur le chemin, Alberto tenta de faire la conversation, mais Goa ne répondait que par monosyllabes.

oui, oui, je mange ça au goûter !

– Comment s'est passée ta journée ?

– Bien.

– Tu as hâte de partir en classe verte ?

– Ouais.

– Ça va être bien, hein ?

– Ouais.

– Tu as aimé ta fête, hier ?

– Ouais.

Goa se mordit la langue pour ne pas ajouter : **« Sauf le moment où tu as lancé une bombe. »**

Découragé, Alberto finit par se taire. Ils firent le dernier bout de trajet en silence. Une fois parvenus au café, ils s'assirent et commandèrent la même chose que d'habitude.

Avant qu'on les serve, le père de Goa déclara :

– Je me suis senti mal de ne pas pouvoir te parler, hier. Mais je comprends que tu n'en aies pas eu envie. Je sais que tout va très vite. Nous n'avions pas prévu d'avoir un enfant, cependant il est là et nous nous en réjouissons. **Je veux que tu saches que tu resteras ma grande fille, que je t'admire et que je t'aimerai toujours.**

Qu'est-ce que je pouvais bien dire ?

Goa gardait les yeux rivés sur ses mains posées sur la table. **Elle sentait que si elle regardait son père dans les yeux, elle allait se mettre à pleurer.** Depuis que ses parents s'étaient séparés, ils lui faisaient parfois de la peine. Chaque fois qu'ils prenaient l'air grave et lui disaient de gentilles choses, elle se rendait compte qu'ils souffraient pour elle. Elle aurait aimé pouvoir dire ou faire quelque chose qui les empêcherait de souffrir, mais quoi ? Elle aussi, elle souffrait. Elle ne savait pas bien pourquoi, mais parfois, elle ressentait au creux de son ventre une immense tristesse qui lui montait dans la gorge et lui donnait de terribles envies de pleurer. Comme elle ne savait pas ce que c'était et qu'elle ne pouvait pas l'expliquer, Goa tournait la tête, se taisait ou répondait par monosyllabes.

– D'accord.

– Tu es fâchée ?

– Non.

– Sûre et certaine ?

– Oui.

– Bon. Et… est-ce que ça te fait plaisir d'avoir un petit frère ou une petite soeur ?

– Je suppose.

– Qu'est-ce que tu supposes ?

– Mais j'en sais rien ! C'est super-bizarre, papa.

– Je sais… Je suis désolé…

Au même instant, les tartines de Goa arrivèrent. Elle se mit à manger, plus parce qu'elle avait envie de mettre fin à cette conversation que par appétit. **C'était très bizarre d'être avec son père et de ne pas avoir envie de lui parler,** mais maintenant, elle se sentait parfois gênée face à ses parents. Désormais, il n'y avait qu'avec ses amis qu'elle se sentait à l'aise. C'était eux, sa famille.

Devant le gymnase où Goa s'entraînait au volley deux après-midi par semaine, Alberto arrêta la voiture en double file et mit les warnings pour que sa fille descende.

– Ne t'inquiète pas, papa, dit-elle avant d'ouvrir la portière. Tout va bien. C'est bizarre, mais je vais m'y faire, j'imagine.

oh, non !

Il s'approcha pour lui faire une bise, mais elle s'écarta rapidement.

– Papa, non ! Pas ici !

– Je ne peux pas t'embrasser ? Tu as honte de moi ?

– Oh, papa ! Allez, je vais être en retard.

En regardant Goa entrer dans le gymnase, Alberto songea que c'était la première fois que sa fille avait honte de l'embrasser. « Déjà ? » se dit-il en souriant.

De retour du volley, Goa s'enferma dans sa chambre pour se filmer.

• REC

Je me sens bizarre, je ne sais pas ce qui m'arrive. Aujourd'hui, papa est venu me chercher à l'école alors que ce n'était pas son tour. Je n'ai quasiment eu aucune réaction quand je l'ai vu, parce que je savais de quoi il voulait me parler et que je n'en avais pas ENVIE. Pourquoi les adultes veulent-ils toujours parler ? Y en a marre. Je ne veux pas parler, et si j'en avais envie, je le ferais avec mes amis, pas avec eux. C'est si dur à comprendre ? OK, je veux bien parler à mes parents, mais de trucs normaux, pas de trucs profonds. Ça me fait trop bizarre, en fait. Ça me gêne. Et quand je sens qu'ils veulent parler, c'est encore pire !

Voilà. En vingt-quatre heures, j'ai eu douze ans et j'ai appris que j'allais avoir un frère. Je me demande ce qui m'attend demain.

AUTO

SURPRISE !

Le lendemain matin, Goa enfila un jean et un pull noir et rouge qu'elle avait reçu à Noël. Elle se coiffa avec ses doigts, palpa son visage à la recherche d'un bouton éventuel et descendit prendre son petit déjeuner.

– Bonjour, ma chérie, la salua sa mère. Grande nouvelle ! **Ce week-end, Zu et les garçons viennent à la maison. Qu'est-ce que tu en dis ?** Nous pourrons discuter de nos vacances à Majorque, cet été. Tu aimerais partir avec eux ?

– Euh... quoi ? En vacances avec Zu ?

– Oui, Zu, Klaus et Marcus.

– Ah, hum… Je ne sais pas, maman, je viens de me réveiller…

Goa ne supportait pas que sa mère engage des discussions de bon matin – encore moins qu'elle lui pose des questions. **« À cette heure-ci, je ne sais même pas comment je m'appelle », pensa-t-elle. Mais au fond, le problème n'était pas qu'elle soit mal réveillée ; le problème, c'était cette nouvelle surprise. Zu et les garçons ? Ensemble en vacances ?!**

Zu était une amie de ses parents. Peut-être parce qu'elle avait un nom aussi bizarre que le sien, Goa l'avait toujours appréciée. Pour le coup, les parents de Zu avaient vraiment dépassé les bornes. Donner un prénom de deux lettres, qui plus est commençant par un Z… La lose ! La pauvre, elle avait dû en voir de toutes les couleurs à l'école. Goa, elle, se faisait juste appeler Boa – et uniquement par toujours les mêmes gros lourdauds de son école.

Ha, ha, ha !

Zu était une maman cool, qui avait toujours des histoires folles à raconter et dont le rire était contagieux. Elle était plutôt ronde et rejetait la faute sur sa passion pour les saucisses de Francfort. Une chose est sûre : elle n'avait pas honte de son physique. Elle affirmait qu'elle avait un corps de rêve et elle savait le mettre en valeur.

Zu avait été mariée avec Jonas, un Allemand. Ils avaient vécu à Berlin, où ils avaient eu deux garçons, Klaus et Marcus. Mais six mois plus tôt, Zu et Jonas avaient divorcé, et les garçons étaient rentrés en Espagne avec leur mère. **Klaus avait un an de plus que Goa et ils s'étaient toujours bien entendus.** Il était très gentil et drôle. Grand et blond avec des yeux vert clair super-mignons. Quant à Marcus, il était plus jeune ; il devait avoir dans les huit ans… Goa ne se rappelait pas bien parce que cela faisait longtemps qu'ils ne s'étaient pas vus. Qui sait ? Peut-être qu'ils n'étaient plus comme dans ses souvenirs.

– Tu t'entendais bien avec Klaus, non ? insista Julia.

– Oui.

– Alors, qu'est-ce que tu en penses ?

– Maman, s'te plaît, je viens de me lever ! J'en sais rien.

– Ah ! on ne peut plus parler de bon matin ? Jeune fille, depuis quelques mois, plus personne ne te comprend !

Julia était fâchée, mais elle avait raison : depuis quelques semaines, Goa n'avait plus tellement envie de lui parler ni de passer du temps avec elle. Autrefois, quand Goa était petite, elles étaient comme les deux doigts de la main. Cependant, tout avait changé. Goa se sentait grande, désormais, et elle n'avait plus autant besoin de sa mère. Julia n'arrivait pas à accepter cette distance.

Comme sa fille restait muette, elle partit s'habiller. Goa mangea sans grand appétit. Elle avait la tête qui tournait à force de réfléchir.

« **Tout un week-end avec Klaus ?!** Quel âge il a, maintenant ? À quoi il ressemble ? Ça fait si longtemps que je ne l'ai pas vu… Et maman veut qu'on parte en vacances ensemble ? D'accord, je l'aimais bien quand j'étais petite, mais qui me dit qu'il n'est pas devenu super-chelou ? Je suis sûre que je ne saurai même pas quoi lui dire. Je vais stresser, je vais devenir toute rouge, je vais commencer à raconter n'importe quoi et j'aurai l'air ridicule… Au secours ! **Vite, il faut que je parle à Anna !** »

RESPIRE !

Goa passa tout le trajet jusqu'à l'école à parler de Klaus à Anna (qui bâillait de temps à autre). Quand enfin Goa la laissa placer un mot, Anna assena :

– Me demande pas conseil à moi, j'y connais rien en garçons. Tu sais bien que j'aime les filles ! Mais une chose est sûre : **il faut que tu respires.** Si tu stresses, tu vas devenir rouge comme une tomate et tu vas te rendre ridicule.

– Super. Merci, Anna.

– Les amies sont là pour se dire la vérité. Et toi, quand quelqu'un te plaît, tu deviens rouge comme un feu tricolore.

– Il ne me plaît pas ! Tu sais très bien qui est mon *crush*… Le truc, c'est que ça fait longtemps que je ne l'ai pas vu et que je ne sais pas si j'ai envie de partir en vacances avec sa famille. Mais merci, hein ! Ça m'aide vachement, ce que tu me dis.

– Pardon. Juste, n'oublie pas de respirer. Ta mère t'a donné du café ou quoi, ce matin ? Tu n'as pas arrêté de parler de tout le chemin !

Goa ne dit rien de plus. De toute façon, quand il s'agissait de garçons, Anna et elle ne se comprenaient jamais. Quand elles s'étaient rencontrées, Anna était tombée amoureuse de Goa. Elle avait été très déçue d'apprendre que celle-ci préférait les garçons. Leur relation avait été un peu bizarre jusqu'à ce que l'une et l'autre se détendent et repartent sur de bonnes bases. Quoi qu'il en soit, quand elles abordaient ce genre de sujets, en particulier quand Goa parlait de David, Anna n'était ni réconfortante ni encourageante. **Elle disait que c'était parce qu'elle n'y connaissait rien aux garçons,** mais au fond, elle était un peu jalouse. Cela lui faisait de la peine de ne pas être celle qui faisait battre le cœur de Goa. Les deux amies terminèrent le trajet en choisissant des sujets qu'elles avaient en commun : le volley, leur sport

préféré à toutes les deux, et Gina Montori, qui avait annoncé la sortie d'une nouvelle chanson. Elles rêvaient toutes les deux de pouvoir aller à l'un de ses concerts et de crier à tue-tête les chansons qu'elles connaissaient par cœur.

À l'école, Goa réussit à se changer les idées. Préparer cette dernière classe verte de primaire était excitant. Elle chassa de son esprit Klaus et le petit frère, et se concentra sur son travail, tout en souhaitant qu'à la récréation, David vienne passer un moment avec eux. Comment pouvait-on vivre autant d'émotions en si peu de temps ?

À la récré, alors qu'elle s'apprêtait à sortir dans la cour, Alicia, sa maîtresse, l'interpella :

– Goa, tu veux bien rester un moment ? Je voudrais te parler.

C'est pas vrai !

Goa ne put éviter une grimace contrariée. « Mais qu'est-ce qu'ils ont tous ? Ils sont mégapesants ! »

Alicia était une enseignante adorable, ce n'était pas le problème. Elle était drôle, sympa et habillée à la mode. Elle était tellement passionnée par son métier qu'elle avait réussi à motiver sa classe pendant toute l'année.

– Ton père m'a informée que tu allais avoir un petit frère ou une petite sœur, expliqua-t-elle. Félicitations !

– Oh ! euh… merci.

– Comment te sens-tu ?

– Bien, mentit Goa comme une automate.

La maîtresse la regarda fixement.

– Si tu as envie d'en parler, je suis là, d'accord ? **Si quelque chose t'inquiète, n'hésite pas à me le dire.**

– D'accord. Je peux aller en récré ?

– Oui, bien sûr.

Goa rejoignit ses amis au pas de course. Même si elle s'était sentie très gênée de parler de ça avec sa maîtresse, elle pensa : « Trop sympa, elle s'inquiète pour moi. » Même si elle avait du mal à l'admettre, ça lui avait plu.

HONTE SUPRÊME

Après le match de volley de ce samedi matin, Goa et sa mère avaient prévu de manger à la maison avant de retrouver Zu et sa famille. Mais alors que Goa était assise sur le banc à regarder ses coéquipières jouer, elle entendit soudain sa mère crier depuis les gradins :

– Ohé, Goa !

Elle se retourna et… **HORREUUUUR ! Zu, Klaus et Marcus étaient assis à côté de Julia et lui faisaient de grands signes de la main.**

Cette saison, Goa, qui était pourtant très bonne joueuse, n'aimait pas trop qu'on vienne la voir. Cela la rendait nerveuse et l'empêchait de se concentrer, et plus elle s'appliquait, plus elle échouait.

7

En voyant les amis de sa mère dans le public, elle commença à paniquer : **« Qu'est-ce qu'ils font là ? On n'était pas censés les retrouver avant cet après-midi… Je suis trempée, rouge comme une tomate… Ridicule ! Bon, au moins, ils ne m'ont pas vue jouer. S'il vous plaît, faites que la coach ne me rappelle pas ! »**

Et là…

– Goa, prépare-toi, tu vas rentrer sur le terrain.

« Crotte ! » pensa-t-elle. En se levant, elle entendit les cris de sa mère et de Zu.

– Allez, Goa ! Allez, Goa !

– Tu es au top du top, ma chérie !

« "Au top du top" ? Qui dit ça ? Maman, s'il te plaît, ne me mets pas encore plus la honte ! » se dit Goa.

Bien sûr, quand elle commença à jouer, elle était tout sauf concentrée.

– **Hé, Goa, qu'est-ce qui se passe ? Tu rates tous les ballons !** s'écria la coach.

La jeune fille ne répondit pas. À la place, elle prit une profonde inspiration et tenta de se concentrer une bonne fois pour toutes. Elle voulait que Klaus voie qu'elle se débrouillait bien et qu'elle pouvait marquer…

Et elle y arriva ! Une fois seulement, mais elle y arriva. Les cris de Zu et de sa mère sur les gradins redoublèrent.

« Sérieux… C'est sûr que Klaus a honte, lui aussi, que sa mère et la mienne jouent les pom-pom girls », songea Goa.

Le match se termina. L'équipe de Goa avait gagné. Avant qu'elle retourne aux vestiaires, sa mère et ses amis vinrent la voir. Goa ne savait plus où se mettre. Elle devait être totalement décoiffée, couverte de transpiration… Moche, en définitive ! De son point de vue, en tout cas. Après quelques années, elle trouva Klaus plus grand, les épaules plus larges et la voix différente. En tout cas, il avait les mêmes yeux verts brillants.

– **Tu t'es bien débrouillée, Goa ! Félicitations !** s'exclama Zu en s'approchant pour lui faire la bise.

Goa recula.

– Je suis trempée…

– Salut, dit Klaus.

– Salut, répondit-elle.

– **Mamaaaan, j'ai soif,** se plaignit Marcus.

Goa saisit l'occasion pour s'éclipser.

– Je vais prendre une douche, à tout à l'heure !

Dans les vestiaires, Anna demanda :

– C'était qui, ce canon aux yeux verts ? Klaus ?

– Oui.

– Waouh ! Pas étonnant qu'il te plaise.

– Il ne me plaît pas !

– En tout cas, il y a des chances qu'il s'intéresse à toi, lui. Pas comme David.

Goa lui adressa un regard noir. Elle savait que David ne la trouvait pas attirante, mais Anna n'avait pas besoin de le lui jeter à la figure.

– Sympa.

– C'était une blague, pardon.

– Ben moi, ça ne me fait pas rire. Si je ne ris pas avec toi, ce n'est pas drôle.

– J'ai parlé trop vite, désolée. Tu sais bien que quand on gagne, je suis super-excitée et je dis n'importe quoi !

– Ça, c'est sûr.

– Tu me pardonnes ? S'il te plaît, s'il te plaît, s'il te plaît…

– Oui ! Mais ne t'avise plus de me dire un truc pareil.

– J'ai dit ça comme ça. Après tout, peut-être que David t'aime bien.

– Ouais, c'est ça…

– Vous parlez toujours à la récré…

– Il parle avec toutes les filles.

– C'est parce qu'il est populaire. Quelle idée, aussi, de tomber amoureuse du populaire… !

– Je ne suis pas amoureuse !

– Et si on changeait de sujet ? Ou on va finir par se disputer pour de bon.

– De quoi vous parlez ? demanda tout à coup Nadia, qui ne demandait pourtant jamais rien.

Elle avait dû sentir que leur conversation était intéressante.

– De rien, se dépêcha de répondre Goa.

Anna regarda Nadia avec l'air de dire « laisse tomber ».

Une chance que Nadia soit intervenue ; parfois, Anna avait vraiment le don de mettre les pieds dans le plat !

Pfiou !

KLAUS

Cela faisait six mois que Klaus, Marcus et Zu ne vivaient plus à Berlin. Jonas avait décidé de rester en Allemagne. Ils allaient le voir une fois par mois. Zu, qui ne supportait plus de vivre loin de son pays, de sa famille et de ses amis, avait pensé que rentrer leur rendrait la vie plus facile. Mais ces six derniers mois n'avaient pas été de tout repos ; les garçons avaient du mal à laisser leur vie derrière eux.

Klaus se languissait de ses amis et tout lui semblait différent. Il était tout le temps en colère ou de mauvaise humeur. Ce samedi-là ne fit pas exception. Qu'est-ce qu'il en avait à faire, d'aller voir le match de volley d'une fille dont il ne se rappelait presque plus ?

Il resta le nez collé sur son portable à discuter avec ses amis allemands.

Quand Goa sortit du vestiaire et alla rejoindre sa mère, elle se rendit compte que Klaus ne la regardait pas.

– Ma chérie, finalement, **Zu et les garçons vont rester à la maison jusqu'à demain. Qu'est-ce que tu en penses ?** demanda Julia.

– D'accord, concéda Goa, qui était tout sauf d'accord.

« Comment ça, "rester" à la maison ? Ce n'était pas du tout prévu ! », se dit la jeune fille.

Elle commença à se repasser mentalement l'état de sa chambre. Était-elle rangée ? Bien sûr que non ! Et comment allaient-ils dormir ? Merdouille ! Ils allaient entrer dans sa chambre et voir qu'elle avait encore un tas de peluches ! Cela faisait des mois que Goa disait à sa mère que sa chambre faisait trop « bébé » et qu'elle voulait la moderniser. La repeindre en blanc, par exemple, et enlever la déco qui ne lui plaisait plus. D'accord, elle aimait encore son guépard en peluche, son préféré depuis qu'elle était petite et qui l'avait accompagnée toute sa vie. Même s'il était en piteux état, il continuait de dormir au pied de son lit. Quand Klaus et Marcus le verraient, ils penseraient que Goa était encore une petite fille. Au secours ! **Comment faire pour qu'ils n'entrent pas dans sa chambre ?**

Le drame !

En vitesse, elle lista quelques excuses :

* Il y avait des fourmis.
* Dernièrement, tous ceux qui entraient dans la pièce tombaient malades...
* La chambre était en travaux et le sol n'était pas encore posé.

Ça, personne n'y croira jamais !

Aucune excuse n'était valable ! « Il n'y a rien à faire, songea Goa, et par réflexe, elle lança un regard noir à sa mère. Comment ose-t-elle inviter ces gens sans me prévenir ? Il ne me reste qu'une chose à faire : foncer dans ma chambre dès que j'arrive et la ranger le plus vite possible. Sinon, ils vont penser que je suis atteinte du syndrome de Diogène ! »

Il n'était que midi et demi, et ce samedi était déjà ultrastressant. La journée promettait d'être longue !

LE GUÉPARD

Hélas, Goa n'eut pas le temps de mettre son plan rangement à exécution. À peine arrivée, sa mère lui demanda :

– Goa, tu veux bien montrer ta chambre aux garçons ? Vous verrez si vous voulez dormir tous les trois en haut ou si on vous descend les matelas dans la salle à manger et que tu laisses ta chambre à Zu.

Goa, qui songeait que sa mère était décidément plus agréable quand elle se taisait, sentit Klaus et Marcus sur ses talons. « Zut ! Et s'il y a des chaussettes sales par terre ? » se demanda-t-elle.

Elle monta l'escalier quatre à quatre en priant pour que (s'il vous plaît !), il n'y ait rien de trop grave derrière la porte de sa chambre.

En entrant, Marcus fut le premier à ouvrir la bouche.

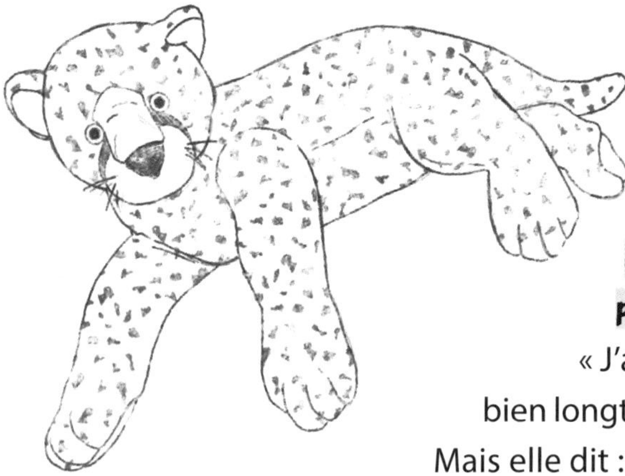

– Waouh, elle est trop belle, ta peluche ! J'adore !

« J'aurais dû la jeter il y a bien longtemps… » pensa Goa. Mais elle dit :

– Je la garde pour mon petit frère. Mon père va avoir un bébé, et hier, j'ai ressorti des peluches du grenier pour les lui donner.

– Ah bon ? Elle a pourtant l'air bien calée sur ton lit… fit remarquer Klaus d'un ton malicieux.

Si son petit frère avait gobé le mensonge, lui, non.

– Ça ne te regarde pas, ce que je fais ou pas avec mes affaires, répliqua Goa sur la défensive.

– Hé, du calme ! Je ne voulais même pas venir, moi.

– Eh ben t'aurais mieux fait !

– J'avais pas le choix.

– Donc maintenant, tu t'ennuies.

– Oui.

Bon, ça commençait bien… Dans son souvenir, Klaus était beaucoup plus sympathique ! Vu la tête qu'il faisait, il se disait la même chose d'elle. Ils gardèrent le silence tandis que Marcus explorait la chambre à la recherche de trésors, jusqu'à ce que Klaus lance :

– On ne tiendra jamais ici à trois ! C'est trop petit !

Grrr ! Pourquoi sa mère n'était-elle pas là à cet instant ? Goa lui aurait dit : « Tu vois, maman ? Cette chambre est trop petite ! Je ne suis pas la seule à le dire, tout le monde le dit ! » En fait, elle lui réclamait depuis longtemps de s'installer dans une pièce plus grande, qui servait d'atelier à Julia. On ne pouvait pas non plus faire de miracles, mais échanger sa chambre contre l'atelier était le prochain objectif de Goa. Le petit ton méprisant de Klaus l'énerva encore plus. Comme si cette chambre était nulle ! Alors que ce n'était pas vrai. **C'était SA chambre, et même si la déco avait besoin d'un rafraîchissement, elle l'aimait.**

Pourquoi tu ne fais pas attention à moi ?

– Trop bien ! On va dormir dans la salle à manger ! cria Marcus que cela amusait beaucoup.

Soudain, Goa se dit qu'elle ne survivrait jamais à ce week-end avec les deux garçons. Ils s'habillaient et parlaient différemment (avec un fort accent étranger). Goa commençait à se dire que Klaus était devenu un garçon bizarre et têtu avec qui elle n'avait aucune envie de partir en vacances. Il lui semblait provenir d'une autre planète. Si seulement ses amis pouvaient être là, à la place de Klaus et de Marcus…

CE TÉLÉPHONE QUE JE N'AI PAS

Goa savait que la question du portable se poserait bientôt parce que Klaus avait le sien EN PERMANENCE à la main. Dernièrement, ses parents avaient dit : « Quand tu auras treize ans. » **TREIZE ANS ? Pour Goa, c'était dans vraiment trop longtemps. « Tout le monde en a un », répétait-elle inlassablement, ce à quoi ils rétorquaient : « Pas tout le monde. Toi, par exemple, tu n'en as pas. Et tu es, de tous les adolescents de la planète, la plus importante pour nous. On se fiche de ce que font les autres. »**

Ce genre de phrases avaient le don de l'énerver, au point que parfois, Goa en hurlait de rage.

À cet instant, l'écran de sa tablette s'alluma.

– Pourquoi tu reçois tes notifications sur une tablette ? s'étonna Klaus. Tu n'as pas de portable ?

Bim ! La question était arrivée. Évidemment ! Klaus, lui, avait eu son premier portable en sixième.

– Non, répondit Goa.

– Mais comment tu fais ?

– Comment je fais quoi ?

– Ben, pour parler avec tes amis !

– J'ai un compte privé sur Instagram, et je me connecte sur la tablette.

– Ah, ouf ! Sinon, ce serait vraiment bizarre…

Goa ne dit rien. Elle se sentit comme une petite fille ; une petite fille différente que tout le monde rejette. Bon, en vérité, elle n'était pas la seule de son âge à ne pas avoir de portable, mais quand même ! Pourquoi ses parents ne voulaient-ils pas céder ? Son père, en particulier, prétendait qu'elle n'en avait pas besoin, puisque l'école était à côté et qu'elle allait partout avec ses amis. **Goa, contrairement à son père, pensait qu'elle avait GRANDEMENT besoin d'un portable.** Un jour, pendant une de leurs discussions à ce sujet, il s'était tellement énervé qu'il avait crié : « ÇA SUFFIT ! » La jeune fille avait couru pleurer dans sa chambre. Sa mère était plus nuancée. « Patience, Goa, un jour tu en

auras un. » Mais ce jour n'arrivait jamais. Et maintenant, Klaus venait la narguer sous son propre toit avec son téléphone, et il avait le culot de garder le nez dessus comme s'il était tout seul ! **Plus Goa le regardait, plus elle sentait la colère monter…**

– Quand j'aurai un portable, j'espère ne pas faire comme toi, lâcha-t-elle, furieuse.

– Comment ça ?

– On dirait que tu fais partie des meubles. Tu es scotché à ton téléphone à longueur de temps comme s'il n'y avait rien d'autre au monde.

– Tu dis ça parce que tu es jalouse.

– Jalouse ? Pff, même pas en rêve.

– Si tu avais un portable, tu ferais la même chose que moi, tu le sais.

– Bien sûr que non. On dirait un pantin.

– C'est toi, le pantin. *Dummkopf !*

– Mais qu'est-ce que j'entends, ici ? intervint Zu qui venait d'entrer dans la chambre. Interdiction d'insulter les autres, Klaus, et encore moins dans une langue que les autres ne comprennent pas. C'est compris ?

– Toi, je sais que tu comprends. *Scheisse !*

– Klaus !!!

Mais Klaus n'était plus là. On entendit claquer la porte d'entrée ; il était sorti dans la rue. Zu rejoignit Julia dans le salon.

– **Je suis désolée. Klaus est insupportable, en ce moment. Il ne me pardonne pas d'être revenue en Espagne...** expliqua Zu, désespérée.

– Il va s'adapter petit à petit, ne t'inquiète pas, la rassura Julia.

– Je n'en suis pas si sûre…

– Il a besoin de temps, c'est tout. Il a tout quitté, c'est compréhensible. Sa vie en Allemagne doit beaucoup lui manquer !

– Si tu savais comme c'est difficile au quotidien…

– C'est un adolescent. Tous les adolescents sont difficiles. Leur état naturel, c'est l'indignation, donc…

– Tu parles d'un cadeau.

– Comme tu dis ! s'exclama Julia.

Et elles se mirent à rire. Au moins, ces deux mères pouvaient se confier l'une à l'autre. Pour Julia non plus, ce n'était pas facile. **Goa lui manquait... Non**

parce qu'elle était loin d'elle la moitié de la semaine, mais parce qu'elle la sentait distante. Elle avait beau tâcher de se rapprocher, sa fille la repoussait. C'était comme si, peu à peu, elle se fermait. Cela faisait souffrir Julia, qui craignait parfois que quelque chose de grave se produise sans qu'elle s'en rende compte.

Julia tentait alors de respirer profondément et de se convaincre que si vraiment quelque chose allait mal, elle le remarquerait. Quelques heures plus tôt, quand elle était restée un moment seule avec son amie, elle s'était livrée : « Zu, est-ce que Klaus te fait sortir de tes gonds ? J'essaie de rester calme avec Goa, mais parfois je dois me retenir très fort pour ne pas lui mettre une claque ! »

Une larme avait coulé sur sa joue. Zu l'avait prise dans ses bras et lui avait dit : « C'est la même chose pour moi. Nous avons déjà eu de grosses disputes, mais je sais qu'il m'aime et il sait que je l'aime, et je suis sûre que tôt ou tard, nous redeviendrons proches. »

Maintenant, malgré tout, elles riaient ensemble, complices.

Goa avait entendu leur conversation. Elle comprit alors pourquoi Klaus se comportait ainsi. Elle n'y était pour rien, bien sûr, mais il lui fit de la peine. Elle se mit à sa place et s'imagina changer brusquement de pays, quitter sa bande d'amis, et ne plus jamais les voir. Elle en eut presque mal. « Si ma mère me faisait ça, je ne le lui pardonnerais jamais », pensa-t-elle. **Soudain, Klaus ne lui parut plus si idiot. Au contraire : il avait de très bonnes raisons d'être en colère.**

Le pauvre...

DU CHOCOLAT POUR DEUX

L'après-midi passa tranquillement. Julia et Zu essayaient de faire en sorte que leurs enfants s'entendent, mais ce n'était pas si simple. **Goa était partagée entre la colère et l'ennui. Klaus était toujours fâché, et en même temps, pas très fier. Quant à Marcus, il était sur une autre planète, occupé à découvrir les jeux d'enfant de Goa.**

Après le dîner (qui eut lieu très tôt pour s'adapter au rythme allemand des garçons), Zu dit :

– Quelle chaleur… ! Klaus, Goa, vous voulez bien aller chercher des glaces au supermarché d'à côté ?

– Trop cool ! s'exclama Marcus.

Les deux grands, avec une moue résignée, prirent l'argent et sortirent de la maison. Ils marchèrent quelques minutes sans rien dire avant que, enfin, Klaus brise le silence.

– Je me sens mal de t'avoir insultée tout à l'heure. J'étais de mauvaise humeur.

– T'inquiète. De toute façon, je n'ai rien compris.

Il y eut un nouveau silence gênant auquel, cette fois, c'est Goa qui mit fin.

– Comment c'était ?

– Quoi ?

– De vivre à Berlin, avant ?

– Mieux qu'ici.

– Pourquoi ?

– Parce que tout était différent. J'avais mes amis, ma vie…

– Je comprends.

– Non. Tu ne sais pas ce que c'est.

– Pourquoi tu dis ça ?

– Parce que tu n'as pas quitté ton pays pour un endroit où tu ne connais personne et où tous les imbéciles de ta classe t'appellent Santa Claus !

– Moi, on m'appelle Boa constricteur, tu sais ? Et, non, je n'ai pas changé de pays, mais mes parents ont divorcé aussi, et maintenant, figure-toi que je vais avoir un petit frère. Tout a changé pour moi aussi.

– Ouah, c'est vrai ? C'est horrible.

– Oui.

– Et vous aurez combien d'années de différence ?

– Presque treize.

– Un peu plus et tu pourrais être sa mère !

– Tais-toi ! lança Goa, fâchée.

Elle n'aimait pas du tout ce commentaire… justement parce qu'elle y avait pensé plus d'une fois.

– Je veux dire, ça fait beaucoup…

– Ah oui ? Je ne m'en étais pas rendu compte. Merci de me le faire remarquer !

– Pardon…

– Pas grave, on n'a qu'à changer de sujet.

Rien n'était plus comme avant, quand ils riaient et jouaient ensemble. C'était comme s'ils devaient à nouveau faire connaissance. À première vue, ils n'avaient rien en commun. Ils ne se plaisaient pas, ils n'avaient pas le même style. **Avant, cela ne les avait jamais dérangés, mais bien sûr, ils étaient plus petits.**

Après un silence, Goa demanda :

– On t'appelle vraiment Santa Claus ?

– Et toi, Boa constricteur ?

Ils se mirent à rire, et l'ambiance entre eux commença à s'apaiser. Une fois au supermarché, ils prirent une glace aux amandes pour Zu, une au nougat pour Julia et une à la vanille pour Marcus. **Ensuite, Klaus et Goa plongèrent la main dans le même bac pour attraper chacun un bâtonnet au chocolat.**

Gênés, ils se dépêchèrent de retirer leur main et détournèrent le regard.

Miam !

JE ME NOIE

La salle à manger, ce soir-là, ressemblait à un camp de vacances. C'était très drôle. Klaus et Goa, après leur petit tour au supermarché, s'étaient enfin mis à bavarder. La journée se termina autour d'un jeu de société, bien mieux qu'elle avait commencé !

Une fois Marcus endormi et Zu et Julia parties à l'étage, Klaus montra à Goa des photos de ses amis allemands sur son téléphone. Elle fit de même avec sa tablette.

Klaus parcourait les photos de Bruno, Nadia et Anna avec Goa quand il tomba sur ses vidéos personnelles. Il appuya sur « play ».

Je hais mes parents.
Pourquoi a-t-il fallu qu'ils m'appellent Goa ?

Dès qu'elle s'en aperçut, Goa lui arracha la tablette des mains.

– Qu'est-ce que c'est ? l'interrogea Klaus.

– Rien.

– Mais si, laisse-moi voir ! C'était cool.

– Je te dis que non.

– Tu fais un vlog ?

– Non.

– On aurait dit, pourtant... J'aime bien la façon dont tu regardais la caméra.

– Ouais, ouais, c'est ça…

– Mais si ! Viens, on en fait une tous les deux.

– Une quoi ?

– Une vidéo ! Toi et moi, ensemble.

– Nooon !

– Allez... Mets la caméra en mode selfie.

Goa, pas du tout convaincue, appuya sur « enregistrer » et tendit le bras pour placer la tablette devant eux. Klaus s'approcha.

Gina
Montori
HERE COMES THE SUN

– Je vous présente Goa ! Elle croit qu'elle a un nom pourri, mais moi je l'aime bien, parce que personne n'a le même. Alors qu'en Allemagne, quatre cent mille personnes s'appellent comme moi ! À toi, Goa, dis quelque chose.

– *Dummkopf !*

Aussitôt, Goa arrêta de filmer en disant :

– Arrête ! On fait pitié.

– Waouh, impressionnant. Tu apprends vite !

– En vrai, je connais un peu l'allemand. Et la première chose que j'ai apprise, c'est les gros mots !

Ha, ha, ha !

Après avoir discuté un bon moment de tout et de rien, ils se préparèrent à dormir. Goa s'enferma dans la salle de bains pour mettre son pyjama. Pas question de prendre leur bain ensemble comme quand ils étaient petits ! Depuis que son corps avait commencé à changer, Goa se sentait différente. Ses seins poussaient, sa silhouette se modifiait… **Il n'y avait qu'à Anna qu'elle osait en parler (et surtout pas à sa mère). Avec elle, on pouvait parler de tout et de rien – Anna n'avait jamais honte de rien, contrairement à Goa.**

Cette nuit-là, la jeune fille eut un peu de mal à s'endormir. Elle entendait Marcus respirer à côté d'elle et **ça lui faisait drôle que Klaus soit si près.** Elle avait l'habitude de dormir avec ses copines, et même avec Bruno, mais elle n'avait jamais dormi seule avec deux garçons, et encore moins avec un plus âgé qu'elle.

Pourtant, après cette journée plus qu'intense émotionnellement et physiquement (les invités surprises, le match de volley…), elle finit par tomber d'épuisement.

Et au bout d'un moment…

Cette fois, le rêve a lieu sur une magnifique plage bondée. Comme celles de la Costa Brava, en Espagne, qui sont si fréquentées qu'on ne peut même pas étaler sa serviette. Dans son rêve, Goa est en train de déposer ses affaires sur le sable. Quand elle relève la tête, elle voit une immense vague qui s'approche de la plage. Elle regarde autour d'elle, cherchant de quoi se mettre à l'abri, mais il est trop tard. Le raz-de-marée l'engloutit et la voilà qui se met à tournoyer jusqu'à en perdre le sens de l'orientation.

Elle tente de nager vers la surface, mais il n'y a rien à faire, elle n'y parvient pas. Elle n'ose pas respirer, de peur que de l'eau entre dans ses poumons. Et soudain, elle comprend : je suis en train de me noyer ! Je me noie !

… Au même instant, Klaus lui toucha l'épaule.

– Goa, Goa, réveille-toi !

– Quoi ?

– Je crois que tu as fait un cauchemar. Tu criais et tu gémissais…

Goa pensa d'abord : « Ouf ! Ce n'était qu'un rêve. » Puis : « Mais qu'est-ce que j'ai fait ? Klaus m'a entendue crier et pleurnicher ! Je vais mourir de honte ! »

– Qu'est-ce qui se passait, dans ton rêve ? lui demanda-t-il.

– Rien. Je sais pas… Bonne nuit.

– Bonne nuit.

Pour la énième fois, Goa enragea d'avoir rêvé de la mer.

ÉCHO... QUOI ?

Julia, Goa et leurs invités étaient en train de petit-déjeuner quand le téléphone fixe sonna.

– Je te la passe, dit Julia en regardant Goa. Viens, ma chérie, c'est ton père.

« Il tombe toujours à pic, celui-là », pensa la jeune fille. Maintenant qu'elle bavardait enfin tranquillement avec Klaus comme lorsqu'ils étaient petits, il fallait que son père les interrompe. Grrr !

– B'jour. Qu'est-ce que tu veux ? lança-t-elle.

– Bonjour, Goa, comment vas-tu ?

– Bien, je prends mon p'tit déj.

– Excuse-moi de te déranger. Je voulais te parler de quelque chose d'important. Mercredi, nous avons rendez-vous chez la gynécologue pour vérifier que le bébé grandit bien. **Est-ce que ça te dirait d'assister à l'échographie ?**

oh !

– L'écho-quoi ?

– L'échographie. On verra à l'écran ce que fait le bébé dans le ventre de Carla. Tu pourras aussi entendre battre son cœur. Alors, qu'en penses-tu ?

– Euh… Je sais pas…

Goa n'arrivait plus à réfléchir. Klaus était à la maison et son père lui parlait d'aller assister à l'échographie d'un bébé ; son frère ! C'était tellement absurde qu'elle ne savait pas quoi dire. Alors elle choisit la facilité.

Quand est-ce quils vont me laisser tranquille ?

– D'accord.

– Génial ! Je passerai te prendre mercredi après-midi. Bonne journée, ma chérie. Je t'aime.

– Moi aussi. Salut.

– Que voulait ton père ? demanda Julia.

– Que je l'accompagne mercredi à un machin-graphie.

– Fantastique ! s'exclama Zu.

– C'est fou… Il y a douze ans, c'est toi qui étais dans mon ventre… Que le temps passe vite ! souffla Julia, attendrie.

– Maman, on dirait une grand-mère quand tu parles comme ça.

– Ta fille a raison, Julia, confirma Zu.

Et elles éclatèrent de rire toutes les trois.

Goa se rendit compte que Klaus l'observait. Que pensait-il de tout cela ? Quand elle se rassit pour terminer son petit déjeuner, sa mère et Zu étaient en train de débarrasser la table tout en bavardant gaiement.

– Dis, avant que je m'en aille, tu me donneras ton Insta ? demanda soudain Klaus. Mais ne poste pas la vidéo que j'ai faite hier, d'accord ?

– Je ne poste rien du tout sur mon compte.

– Alors pourquoi tu te filmes ?

– Comme ça.

– Comment ça, comme ça ?

– Je sais pas, pour me libérer, pour expliquer des trucs… Mais je ne veux pas que quelqu'un le voie. Je fais ça pour moi.

Goa engloutit un morceau de pain couvert de fromage, tandis que Klaus, silencieux, méditait les paroles de la jeune fille : « **Je fais ça pour moi.** »

DUMMKOPF

Le dimanche se passa très bien. Klaus et Goa s'entendaient de nouveau comme avant, et même si beaucoup de choses avaient changé, ils se comprenaient. Leurs vacances à Majorque étaient prévues vers la mi-juillet. D'ici là, ils ne se reverraient pas. Faudrait-il qu'ils recommencent tout depuis le début, la prochaine fois ? À moins qu'ils gardent le contact… Il allait la suivre sur Instagram. **Lui écrirait-il ?**

Le soir venu, une fois Zu et les garçons partis, Goa n'avait rien envie de faire. À part discuter avec ses amis sur Instagram. Elle était épuisée. Marcus, qui se levait en même temps que le soleil (dixit Klaus), les avait réveillés à sept heures tapantes.

– On regarde un film ? demanda sa mère.

– Hum… non merci.

– Qu'est-ce que tu veux faire, alors ?

– Rien.

– Rien ? Allons, profitons-en pour faire quelque chose, maintenant que nous sommes seules.

– Je suis fatiguée.

– C'est pour ça que je te proposais de regarder un film dans le canapé.

Zéro, nada !

– J'ai pas envie.

– Et de quoi as-tu envie ?

– De rien.

Sa mère poussa un soupir et alla ranger les matelas qui étaient toujours dans le salon. Parfois, elle sentait sa fille si distante qu'elle en aurait pleuré. Mais elle préférait le cacher.

– Tu me donnes un coup de main ? demanda-t-elle.

Goa l'aida à contrecœur, puis une fois de retour dans sa chambre, elle ferma la porte, s'allongea sur son lit et prit sa tablette.

• REC

Je viens de passer vingt-quatre heures avec Klaus. Au début, je l'ai trouvé bête et je me suis dit que ça allait être l'horreur de partir en vacances avec lui. Mais ensuite, j'ai découvert qu'il était sympa et qu'il avait juste du mal à s'adapter depuis qu'il est rentré d'Allemagne. Si mes parents me faisaient changer de pays, je crois que je ne leur parlerais plus JAMAIS. Quitter ses amis, parler une autre langue… Je MEURS, c'est sûr ! En plus, je suis fille unique, je me sentirais encore plus seule… Même si, maintenant que j'y pense, j'ai un frère ! Ou une sœur. Je vais le voir mercredi sur l'écho-truc, ou je sais pas quoi. Je suis pas super-enchantée, mais j'ai dit à papa que j'irai parce que… je sais pas, j'imagine que ça n'aurait vraiment pas été sympa de lui dire non. En vrai… je n'arrive pas du tout à imaginer ce que ça fait d'avoir un petit frère. C'est surréaliste.

AUTO

Elle arrêta la caméra et réfléchit. Elle ressentait une montagne d'émotions et tout semblait trop rapide et trop bizarre.

Au même instant, une notification d'Instagram arriva. Il s'agissait d'un message d'un certain KlausKBK7.

Salut, la fille au guépard :)
Maintenant, tu as mon compte.

Un sourire se dessina sur les lèvres de Goa. Elle cliqua sur « suivre » et écrivit en guise de réponse :

Dummkopf.

Ton répertoire d'insultes est bien maigre…

Je peux t'en dire dans ma langue,
si tu veux.

Pas la peine. Tu fais quoi ?

Goa lui envoya une photo de ses jambes étendues sur le lit. Elle reçut en retour une photo de la route. Ils n'étaient donc toujours pas arrivés chez eux. Klaus lui montra ensuite Marcus endormi dans la voiture.

Il nous réveille à sept heures du mat et maintenant il dort ! C'est lui, le dummkopf !

Tu ferais mieux de dormir, toi aussi.

Et toi ?

Si tu me parles, je peux pas.

D'accord, alors je me tais.

Ainsi se termina leur conversation.

Goa ne voulait pas s'arrêter d'écrire, mais elle ne voulait pas non plus le supplier de lui parler, car il risquerait de croire qu'elle l'aimait bien. Et, non, Klaus ne lui plaisait pas, c'est juste qu'elle s'entendait bien avec lui. Il la faisait rire, et maintenant qu'elle savait qu'il était sympa, elle le trouvait plus beau que dans son souvenir. Pas beau comme David, qui le savait et en profitait, plutôt comme quelqu'un qui était beau sans vouloir l'être.

Comme elle ne voulait tout de même pas laisser un simple « vu » après le dernier message de Klaus

(ce serait vraiment méchant), elle prit en photo le guépard en peluche qui avait tant plu à Marcus et écrivit en dessous :

Bonne nuit !

Toi aussi. Si tu fais un cauchemar, je ne pourrai pas te réveiller, cette fois.

Elle lui envoya son smiley préféré, celui qui tendait les bras (et que sa mère ne savait pas utiliser).

En vitesse, elle ouvrit le groupe qu'elle partageait avec Anna et Bruno et leur raconta son week-end. Nadia n'en faisait pas partie ; elle n'avait pas encore le droit d'aller sur les réseaux sociaux.

PLUS QU'UNE SEMAINE

Plus qu'une semaine avant le voyage scolaire ! Ce lundi matin, les élèves étaient survoltés. Certains préparaient les activités qu'ils feraient pendant le séjour, d'autres géraient les animations du soir, et une partie de la classe était chargée de trouver des excursions aux alentours de leur lieu d'hébergement. **Quelle agitation !** Goa et Bruno avaient la chance de faire partie de l'équipe « animations du soir ». On avait dû tirer au sort les membres de cette équipe que tout le monde voulait intégrer. Étaient déjà prévus : **un spectacle « révélez vos talents », une veillée « chair de poule » et une boum le dernier soir.** Mais Goa avait la tête ailleurs. Elle avait du mal à digérer tout ce qui s'était passé depuis son anniversaire, et elle manquait de sommeil.

Hein ?
Quoi ?

– Allô, la terre ? Eh, oh ! Y a quelqu'un ?

– Hein ? fit Goa comme si elle se réveillait de sa sieste.

– Tu es dans la lune… Tu ne nous aides pas, et on a encore plein de choses à faire !

– Ah ! oui, oui. Vous disiez quoi ?

– Ne comptez pas sur moi pour répéter ! lança Pedro, un autre garçon de leur équipe.

Bruno, avec patience, réexpliqua les idées qu'ils avaient eues pour la veillée. Goa, qui n'avait pas l'énergie ni l'envie de compliquer les choses, se contenta de dire :

– Ça me semble bien. Faisons ça.

Pile à cet instant, elle ressentit une sorte de pincement dans le ventre. Elle ne sut pas l'identifier. Elle se frotta à l'endroit où elle avait mal, comme si cela pouvait atténuer son malaise. Mais la douleur ne disparut pas.

À la fin du cours, elle annonça à Anna et à Nadia qu'elle n'irait pas au volley ; elle ne se sentait pas très bien et préférait rentrer directement chez elle. En vérité, elle était un peu angoissée. Jamais elle n'avait senti une gêne pareille. Ce n'était pas vraiment dans le ventre. Qu'est-ce que c'était que ça ?

Une fois chez elle, elle jeta son sac dans l'entrée et s'affala dans le canapé, sur le ventre. Sa mère ne devait rentrer que dans une heure.

Soudain, elle eut une sensation très étrange, comme si sa culotte était mouillée. Elle courut aux toilettes, s'assit… et découvrit **une tache marron**. Aussitôt, elle fut prise de panique, tout en sachant très bien de quoi il s'agissait. Le cœur battant à toute vitesse, elle s'essuya avec le papier… qui ressortit teinté de marron rougeâtre. Bien sûr, elle s'y attendait, mais elle avait encore l'espoir que le papier sorte aussi blanc que d'habitude.

« Oh, non ! Les règles ! Et je fais quoi, maintenant ? » se demanda Goa. Elle avait envie de s'enfuir en courant, de se blottir sous sa couette et de ne plus jamais sortir, ou plutôt… de pleurer. Elle se sentait toute bizarre, et elle ne savait pas quoi faire.

Elle commença à fouiller dans les tiroirs de la salle de bains. Sa mère lui avait souvent parlé des règles et lui avait

montré comment se changer. Mais au fond, elle n'y avait jamais réellement prêté attention. Maintenant que ça lui arrivait, elle ne savait plus ce qu'il fallait faire ! Elle lut les inscriptions sur les paquets de serviettes hygiéniques qu'elle trouva dans un tiroir : **« maxi avec ailettes », « normal sans ailettes »...** L'angoisse ! Mais tout ça était beaucoup trop grand ! Goa trouva aussi un petit sac avec une coupe menstruelle que sa mère avait achetée pour elle.

« Même pas en rêve ! Comment veux-tu que j'enfile un truc pareil ? Est-ce qu'il faut que je mette mes doigts… ? » se demanda Goa. Non, définitivement, c'était hors de question. Elle continua à chercher et trouva un autre type de serviettes, plus petites et plus fines. Elle alla dans sa chambre, changea de culotte et mit la serviette. Elle lança le sous-vêtement sale dans un coin, s'allongea sur son lit et se mit à pleurer.

pourquoi ?

C'était la goutte d'eau qui faisait déborder le vase. **Tout allait trop vite. Elle ne pouvait pas avoir ses règles maintenant, elle se sentait encore une enfant ! Parfois, elle avait l'impression qu'elle avait peur de grandir.** Depuis que les petites boules dans ses seins

s'étaient développées, elle savait que ce jour arriverait. Mais maintenant qu'elle avait ses règles, elle ne se sentait pas prête à devenir grande. Elle ne le voulait pas. Elle pleurait parce que le vœu qu'elle avait fait le jour de son anniversaire ne se réaliserait jamais : ses parents ne se remettraient jamais ensemble, jamais plus elle ne serait la petite fille qu'elle avait été, tout changerait à l'arrivée de son petit frère, et même l'école allait s'arrêter puisqu'elle entrerait au collège après l'été.

RIEN NE SERAIT JAMAIS PLUS COMME AVANT ! C'était comme si la terre s'était ouverte sous ses pieds et qu'elle était en train de tomber. Grandir, c'était nul. Tout était nul.

Par-dessus ses sanglots, Goa entendit le bruit de la porte d'entrée. C'était sa mère qui rentrait du travail.

ÇA PASSERA

– Goa, tu es rentrée ? lança Julia.

La jeune fille l'entendit mais ne répondit pas.

– Goa ?

Julia, qui avait vu le sac de sa fille abandonné dans l'entrée, monta l'escalier et trouva Goa allongée sur son lit, pleurant à chaudes larmes.

– Ma chérie, qu'est-ce qui s'est passé ? Qu'est-ce que tu as ?

Goa n'arrivait pas à s'arrêter de pleurer. Sa mère lui frotta le dos d'une main et lui caressa les cheveux de l'autre, tout en s'imaginant quantité de malheurs.

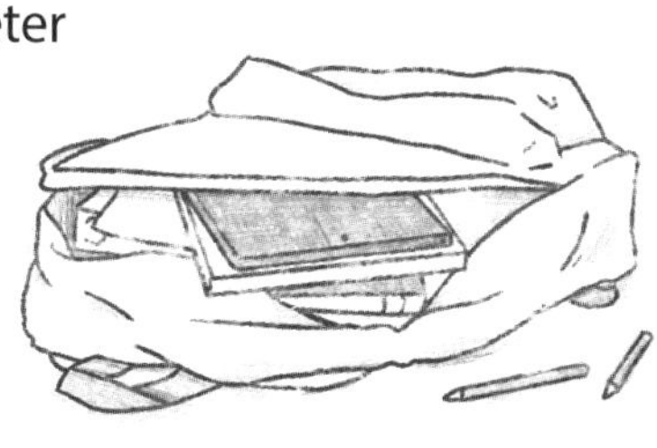

– Goa, parle ! Qu'est-ce qui se passe ?

Voyant qu'elle s'inquiétait, Goa balbutia quelque chose d'inintelligible.

– Je n'ai pas compris. Que dis-tu ?

– Mes règles...

Sa mère ferma les yeux, soulagée, l'air de dire : « Ouf, ce n'est que ça ! »

Comment ça, « que ça » ?

– Tes règles sont arrivées ?

– Oui !

– Ah, d'accord… Tu as mal ?

– Non... Oui... Je sais pas !

– Tu ne voulais pas qu'elles arrivent maintenant ?

– Nooon...

– Ne t'en fais pas. C'est une bonne chose ! Ton corps fonctionne comme il faut. Tu es en train de grandir. Tôt ou tard, ça devait arriver.

– C'est naze. Je veux pas !

– Non, ce n'est pas naze. C'est bien, de grandir…

– Je ne veux PAS !

– Je sais. Là tout de suite, ça te paraît insurmontable, mais tu vas t'habituer, tu verras. Est-ce que d'autres filles ont leurs règles, dans ta classe ?

– Je sais pas… Seulement Nadia, je crois. On n'en parle pas entre nous.

– Eh bien, vous devriez. Parles-en à tes copines, d'accord ? Ça t'aidera. Et ce sera bientôt fini, ne t'en fais pas. Dans trois-quatre jours.

– Non, tout ne sera pas bientôt fini.

– Comment ça ? Qu'est-ce qui ne sera pas fini ?

– Tout !

– Allons, dis-moi. Tu as des ennuis ?

– Je sens toujours ce… malheur.

Goa éclata en sanglots. Elle gémissait tant que cela fit frissonner sa mère.

– De quel malheur parles-tu ?

Goa mit quelques minutes à pouvoir reprendre la parole.

– De celui qui m'est tombé dessus quand vous vous êtes séparés.

– **Oh, Goa… Je suis tellement désolée que tu souffres ainsi… Pourquoi ne m'as-tu rien dit ?** s'exclama Julia.

– Parce que toi aussi tu étais triste… Et papa aussi…

– Au début, oui, parce que tout était nouveau et qu'on était tous les deux désorientés. Mais maintenant, tout va bien. Mieux qu'avant, en vérité ! On s'entend bien et on ne se dispute plus. C'est mieux ainsi, tu ne crois pas ?

– Pas pour moi ! s'exclama Goa avant de se remettre à pleurer à chaudes larmes.

Elle ressentait une immense colère, de la tristesse, et aussi de la douleur. Une douleur qui ne s'était jamais exprimée jusque-là.

– Je te comprends, Goa !

– Non, tu ne me comprends pas ! Personne ne me comprend !

– D'accord. Tu as raison. Peut-être qu'on ne sait pas ce qu'une jeune fille de douze ans éprouve face à tout ce qui se passe. Mais nous aussi, on a eu douze ans, et on se rappelle certaines choses. Quand on est adolescent, on se sent mal dans sa peau, mal à l'aise…

– Mais… Je veux redevenir petite !

– Je sais… Vas-y, Goa, fais sortir tout ça ! Pleure autant que tu en auras besoin… Je t'aime infiniment, tu m'entends ? Et tu peux toujours tout me raconter.

Même si elle était très fâchée et qu'elle aurait voulu que sa mère s'en aille, au fond, Goa ne voulait pas que ce moment s'arrête. Cela faisait du bien de se sentir soutenue. Elle aimait sentir les caresses de sa mère, comme quand elle était petite. Et ce **« ce sera bientôt fini »**, même si elle n'y croyait pas, lui donnait des forces.

Elles gardèrent le silence quelques instants, serrées l'une contre l'autre. Quand Goa se fut calmée, elles reprirent leur conversation.

– Qu'est-ce que tu as utilisé pour ne pas tacher ta culotte ?

– Une petite serviette hygiénique que j'ai trouvée.

– Tu veux que je te montre comment te servir de la coupe ?

– Non, surtout pas !

– D'accord, ce n'est pas grave. Quand tu la voudras, tu me le diras. Je pense en revanche que la serviette que tu as mise ne va pas suffire. Je vais te montrer celles qui te conviendront mieux. Et… Goa, toutes les filles ont leurs règles un jour, tu sais ? C'est la chose la plus normale du monde. N'hésite pas à en parler à tes amies, ou à moi…

Non, merci !

– OK, c'est bon, laisse-moi !

– D'accord. Si tu as besoin de quoi que ce soit, dis-le-moi, je suis là !

Julia se rendit à la salle de bains pour trouver ce qui conviendrait à Goa pour les premiers jours de règles de sa vie. La jeune fille s'en voulut de l'avoir envoyée promener, mais parfois, sa mère parlait trop. Elle ne savait pas s'arrêter !

À cet instant, elle reçut une notification d'Instagram. C'était Klaus.

> Je suis en train de manger une glace au chocolat.

Mais Goa n'était pas d'humeur à bavarder, alors elle ne répondit pas.

FILLE-FEMME

Ce mardi, Goa n'avait pas envie d'aller à l'école. Et si elle tachait son pantalon et que toute la classe voyait du sang sur son jean ? Elle mourrait de honte ! Elle cacha dix serviettes hygiéniques dans une pochette secrète de son sac et attendit qu'Anna passe la chercher.

– Salut. Tu vas mieux ?

– Oui.

– Qu'est-ce qui t'est arrivé ?

– J'avais mal au ventre.

– Ha ! Klaus te manquait tellement que ça t'a rendue malade !

– Mais non, arrête ! N'importe quoi.

– Qu'est-ce que tu avais, alors ?

– Rien.

– Hum, c’est ça ! Tu as manqué le volley alors que tu adores ça. Tu avais forcément quelque chose. Accouche !

– Laisse-moi.

– Une gastro ? Une diarrhée tellement explosive que tu ne pouvais pas te retenir ?

– Ce que tu peux être lourde…

– Tu vomissais sans arrêt ?

– C’est pas vrai ! Mes règles... J’ai eu mes règles.

– Hein ? **J'Y CROIS PAS !** T’es sérieuse ?

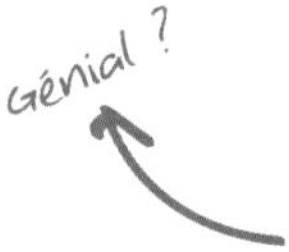

– Oui.

– TROP GÉNIAL !

– Mais qu’est-ce que tu racontes ? Tu ne sais pas de quoi tu parles !

Parfois, Goa et Anna ne se ressemblaient pas du tout. Anna adorait la nouveauté, alors que Goa préférait la routine.

– Tu es grande, ça y est ! Tu les as ! Dire que je suis toujours une petite fille…

– En quoi ça te paraît génial ? Tu es folle !

– Parce qu'avoir ses règles, c'est trop cool. Tu es officiellement une femme.

– Non, je suis une fille et c'est tout.

– Une fille-femme, alors. Et, et… ? Allez, raconte ! C'est comment ?

– Quoi ?

– De les avoir !

– C'est naze. J'ai l'impression de porter des couches. Et j'ai des sensations étranges qui ne me plaisent pas du tout.

– Waouh ! Hyper-intéressant… Je donnerais tout pour les avoir ! Et qu'est-ce que tu utilises, comme protection ? Des tampons ? Ça doit faire bizarre… Des serviettes ? Une coupe ? Des culottes menstruelles ? Mes parents m'ont inscrite à un atelier sur les règles, et ma mère a déjà préparé un rituel en mode bobo-écolo pour quand je les aurai.

Goa leva les yeux au ciel.

– J'utilise des serviettes hygiéniques. Le reste, ça me dit rien du tout.

– Pour le moment… Parce que ça n'a rien d'écologique, cette histoire.

– Ah, non ! ne viens pas m'embêter avec la planète maintenant ! J'ai mes règles et je suis de mauvais poil.

– C'est vrai. Les hormones… ! On nous en a parlé pendant l'atelier. En tout cas, je suis trop contente. Je vais pouvoir t'étudier et me préparer pour quand ce sera mon tour.

– Tu ne veux pas plutôt me laisser tranquille ?

Anna se rendit soudain compte que Goa était réellement contrariée. Elle était au bord des larmes.

– Pardon… Tu es ma fille-femme préférée au monde entier, et j'espère pouvoir intégrer très bientôt ton club sélect de filles qui ont leurs règles.

– Quand tu les auras, tu te tairas ?

– Sûrement, oui.

– Alors pourvu qu'elles arrivent vite ! Au fait, motus et bouche cousue, d'accord ?

chut !

– Je ne peux pas en parler aux autres ?

– Jamais de la vie. Il n'y a que toi qui le sais et je ne veux pas que la classe soit au courant. À part Nadia.

Anna lui prit la main et déclara :

– Promis, je ne le raconterai à personne. Mais si tu as besoin de quelque chose, n'hésite pas. Je ferai tout ce qu'il faut pour aider ma meilleure amie !

Goa lui répondit par un sourire.

Au même instant, alors qu'elles étaient arrivées devant l'école, Nadia s'approcha d'elles.

– Salut ! Comment vous allez ?

Goa et Anna se regardèrent.

– Qu'est-ce qui se passe ?

– Elle les a ! lança Anna.

– Elle a quoi ?

– **Ben...** fit Anna en montrant le ventre de Goa.

Nadia réfléchit un instant puis s'écria :

– Aaah ! Pfiou, je les ai depuis tellement longtemps que je n'y pense même plus. Ça va, Goa ?

– Oui. Enfin non, je me sens bizarre.

– Je suis experte en règles. Si tu as besoin d'un conseil, compte sur moi !

– Merci !

Goa se sentit soudain soutenue. Nadia parlait beaucoup moins qu'Anna, mais elle savait trouver les mots qui réconfortaient.

Trop de chance d'être son amie !

BOUM-BOUM, BOUM-BOUM...

Le lendemain après-midi, le père de Goa vint l'attendre à la sortie de l'école. En temps normal, elle serait rentrée en bus, mais ce jour-là, c'était différent. Goa se demanda si elle devait lui parler de ses règles. Puis elle eut honte. **Elle avait confiance en lui, mais... il y avait des choses dont elle ne parlait qu'avec sa mère, et d'autres qu'avec lui.** Chacun lui convenait pour des choses différentes, et son père, sans aucun doute, ne lui convenait pas pour parler des sentiments ni des règles. Elle ne voulait pas qu'il pose des questions intimes ni qu'il lui donne des leçons de vie sur la puberté et ce genre de choses (car il avait tendance à faire ça). Elle ne dit donc rien.

Non, merci !

Carla attendait dans la voiture, **bercée par une musique douce. Art-thérapeute, elle aimait le calme, la méditation, ce genre de choses.** Maintenant qu'elle était enceinte, elle adorait écouter de la musique « bonne pour le bébé ».

– Bonjour, ma belle, salua-t-elle quand Goa monta à l'arrière. Comment vas-tu ?

– Bien, répondit la jeune fille, même si ce n'était pas tout à fait vrai.

Alberto essaya de faire la conversation pendant le trajet, mais Goa n'était pas d'humeur. Il n'insista pas.

Dans la salle d'attente du gynécologue, Alberto chuchota à Goa :

– Ta mère m'a dit que tu avais eu tes règles ?

« Merdouille ! Il faut vraiment qu'on parle de ça maintenant ? » songea Goa qui ne répondit rien. Carla mit sa main sur le bras de la jeune fille et lui dit à l'oreille :

– Si tu as besoin de quoi que ce soit, n'hésite pas. Nous sommes là.

Cette femme était vraiment très sympa. Goa avait tout de suite remarqué qu'elle aimait les enfants, et surtout qu'elle savait comment se comporter avec eux – chose dont tous les adultes ne pouvaient pas se vanter.

– Carla Garcia Ares ?

Tous les trois se levèrent pour entrer dans la salle qu'on leur indiquait. **Carla s'allongea sur la table d'examen et souleva son tee-shirt. La gynécologue lui mit une sorte de gélatine sur le ventre.** Goa se montra très attentive ; elle ne voulait pas en perdre une miette. Tandis que la docteure commençait à passer la sonde sur le ventre de Carla, elle demanda à Goa :

– Comment t'appelles-tu ?

– Goa.

– Comment ?

– Goa, avec un G.

– Oh, quel joli prénom ! Tu es la grande soeur du bébé ?

– Euh… oui.

« Grande sœur »… Comme ça faisait bizarre d'entendre ces mots dans la bouche de quelqu'un d'autre ! Ainsi, ils semblaient plus réels.

– Ah, le voilà ! dit-elle soudain. Va-t-il nous laisser le regarder ? Mais écoutez bien.

Et là…

« Boum-boum, boum-boum… » waouh !

C'était un son très rapide et très fort.

– Qu'est-ce que c'est ? demanda Goa.

– Le cœur de… Pardon, voulez-vous connaître le sexe du bébé ? questionna la gynécologue.

Alberto et Carla s'empressèrent d'acquiescer.

– Eh bien, Goa, nous entendons actuellement les battements de cœur de ton frère. C'est un garçon !

Carla en eut les larmes aux yeux. Alberto l'embrassa et lui pressa la main tandis que Goa observait sur l'écran ce qui était censé être le pénis du bébé.

ELLE ALLAIT AVOIR UN FRÈRE ! C'ÉTAIT UN GARÇON !

Entendre son cœur, voir sa tête, son corps, ses mains et ses pieds sur l'écran… Tout cela lui fit prendre conscience que ce petit frère qu'elle avait toujours désiré allait enfin arriver. Soudain, elle ressentit une joie immense. Tellement qu'elle fit un câlin à son père !

Alberto, surpris, l'enlaça aussi, ravi de voir que cet enfant à venir la rendait heureuse. Toutes ses craintes disparurent, et il sut qu'il se souviendrait toute sa vie de ce moment.

Ensuite, Goa regarda Carla et vint lui faire un bisou sur la joue.

33 À 36
SEMAINES
37 À 40
SEMAINES
OISIÈME TRIMESTRE

– Comment il va s'appeler ? demanda-t-elle.

À son tour, Carla sentit que, oui, tout irait bien. Goa allait être une grande sœur extra.

SILENCE

Voilà, je viens d'assister à l'échographie de… attention… mon petit frère ! Je vais avoir un frère ! Je l'ai vu sous toutes les coutures. Même son pénis, que j'ai trouvé énorme. Pas de doute : c'est un garçon ! J'ai déjà des idées de prénom. Il faut À TOUT PRIX que j'empêche ses parents de lui donner un nom bizarre comme le mien. Il aura un prénom normal, que les gens comprennent tout de suite et qu'il n'aura pas à épeler toute sa vie.

Maintenant, j'ai hâte qu'il naisse et je trouve que c'est trop long. Encore cinq mois ! Il paraît que l'attente est le meilleur moment… Mouais.

En tout cas, je lui apprendrai tout ce qu'il doit savoir pour survivre dans la jungle de l'école. J'ai une immense responsabilité, maintenant. C'EST TROP COOL ! Je vais tout de suite le raconter à Anna.

Goa arrêta l'enregistrement et ouvrit Instagram. Elle constata qu'elle n'avait toujours pas répondu au message de Klaus. Elle écrivit donc :

Coucou ! Désolée pour lundi,
je ne me sentais pas bien. Ça va ?

Elle attendit un moment, mais Klaus n'était pas connecté. Alors elle changea de conversation.

Anna !!! C'est un garçon ! Un garçon !

Anna apparut bientôt « en ligne ».

Sérieux ?! Zut. Moi qui voulais lui faire
des tresses…

Et alors ? On ne peut pas faire
de petites tresses à un garçon ?

Pas s'ils lui coupent les cheveux…

Hé, je vais avoir un petit frère ! Félicite-moi !

Félicitations ! Je suis trop contente !
Je pourrai le porter ?

Qu'est-ce que j'en sais ? Tu n'auras qu'à
demander à mon père ou à Carla.

Trop hâte de le voir !

Moi, je l'ai vu, sur l'écho !
Il était tout bizarre, mais on voyait très bien
sa tête, ses mini-jambes, ses bras...

Et son zizi, tu l'as vu ?

Oui ! C'est pas trop fou qu'il en ait déjà un ?

Et y avait qu'un bébé ?

Ben, oui ! Tu voulais quoi,
qu'elle ait des jumeaux ?

T'imagines ? Ce serait trop génial.

Euh… non merci. Plus personne ne ferait attention à moi.

Au fait, ça va, tes règles ?

Ça va…

Bien ou bof ?

Normal.

Sérieusement, Goa… Tu ne m'aides pas du tout à savoir ce que ça fait, là !

T'es lourde. Je vais goûter.

À plus tard !

Pour conclure la conversation, Goa mit un cœur après la dernière phrase d'Anna.

Puis elle consulta de nouveau le message de Klaus. Pas de réponse... Elle avait très envie de parler avec lui. Elle regarda aussi les stories que David avait publiées ce jour-là. Il cachait toujours son visage, mais même comme ça, elle le trouvait magnifique. « Ce garçon a un potentiel d'influenceur », se dit Goa. En revanche, même s'ils avaient déjà échangé deux ou trois messages, leur conversation était bien vide. Et elle ne voulait pas être celle qui lui courait après.

Comme le rythme de son cœur commençait à s'accélérer, Goa posa la tablette sur son lit et alla chercher de quoi calmer sa fringale.

DEUX MAISONS

Le pire, dans le fait d'avoir deux maisons, était que Goa ne savait jamais où étaient ses affaires. Et à l'heure de préparer ses bagages pour le voyage scolaire, c'était toute une histoire. Sa mère disait que son sac de couchage était chez son père, mais Alberto ne le trouvait pas. Elle devait préparer sa valise chez son père, et elle ne reviendrait pas chez lui avant la fin de la classe verte. Et cela la stressait beaucoup. Goa ne supportait pas de ne pas savoir où étaient ses affaires. Elle aurait voulu avoir tout en double, car chaque fois qu'elle voulait porter un vêtement, il était dans l'autre maison. Elle devait prévoir des jours à l'avance ce dont elle aurait besoin en fonction de l'endroit où elle serait alors. Bonjour le stress ! Au début, il y avait eu quelques ratés. Elle avait oublié sa tenue de volley, était

Le bazar total

arrivée à la piscine sans son maillot de bain… **Elle avait beaucoup pleuré et râlé, et ses parents n'avaient pas trop su quoi faire. Heureusement, tout le monde avait fini par trouver son rythme.**

Ce soir-là, Goa fourra dans un grand sac tout ce qu'elle croyait nécessaire pour le séjour (et qu'elle avait à disposition chez son père) : une lampe frontale pour les jeux nocturnes, le fameux sac de couchage

(qui avait finalement réapparu au fond d'un placard), plus quelques vêtements qu'elle aimait bien. Quand son père et Carla vinrent lui souhaiter une bonne nuit, elle les embrassa à contrecœur.

Et je ne l'étais pas !

Elle n'avait plus l'âge pour le bisou de bonne nuit. Elle ne se sentait plus si petite.

Elle s'enferma dans sa chambre et alluma sa tablette. Elle avait un message d'Anna.

Trop de stresssss ! Bientôt le départ !!!

Et un autre de Klaus :

Salut. Tu fais quoi ? Je m'ennuie.

Goa répondit d'abord à Anna, puis elle écrivit à Klaus :

Moi, je pars en classe verte lundi. J'ai hâte !

Klaus lui raconta qu'il avait lui aussi un séjour prévu dans trois semaines avec sa classe. Seulement, il n'avait pas envie d'y aller.

Mais si, tu vas rencontrer des gens et tu vas te rapprocher encore plus de tes amis ! Enfin, je comprends que ça te saoule, forcément, tu ne connais pas grand monde pour le moment…

Merci :-)

Cinq minutes plus tard, Alberto entra dans la chambre.

– Goa, éteins ça. Tu dois dormir, fini les écrans.

– Mais je suis en train de discuter !

Elle aimait bien bavarder avec Klaus. Elle ne voulait pas s'arrêter.

– Je m'en moque. Éteins.

– Attends !

– Non. TOUT DE SUITE !

– Mais, papa, s'il te plaît ! Laisse-moi juste deux secondes !

– Non. Tu éteins cette tablette.

Goa jeta l'appareil sur son lit pour montrer son indignation.

Non c'est non !

– J'ai de moins en moins envie que tu aies un portable…

– Et moi, j'ai de plus en plus envie d'en avoir un !

Alberto prit la tablette.

– Je la mets dans le salon. Bonne nuit.

Il ne va pas faire ça ?

C'était tellement injuste ! Goa n'avait même pas eu le temps de dire au revoir à Klaus. Et juste quand son père lui avait demandé d'éteindre, elle s'était aperçue qu'elle avait un message de David. Elle n'avait pas pu voir ce qu'il disait.

ARGH !

La jeune fille éteignit la lumière, folle de rage. Pourquoi son père ne comprenait-il pas que les gens de son âge communiquaient ainsi ? Pourquoi ne comprenait-il pas qu'elle avait BESOIN d'un téléphone portable ? Elle s'endormit de très mauvaise humeur. Et comme il fallait s'y attendre, la mer s'invita bientôt dans ses rêves…

Goa est dans la cabine d'un paquebot. La mer est calme. On dirait une sorte de Titanic, *un très beau bateau. Mais soudain, elle regarde par le hublot et constate que le ciel s'obscurcit. La mer s'agite.*

Vite, Goa se met à courir. Il faut qu'elle sorte de là ! Elle tente de trouver ses parents, mais ils ne sont nulle part. Il n'y a que des inconnus qui cherchent eux aussi à monter sur le pont.

Mais quand Goa arrive dehors, une vague gigantesque submerge le bateau. Tout le monde tombe à la mer.

Quand la jeune fille parvient enfin à sortir la tête de l'eau, elle ne voit plus personne, rien que des vagues et une planche à laquelle elle s'agrippe de toutes ses forces. Elle a très peur. Qui pourrait la sortir de là ?

Soudain, elle aperçoit David, sur une barque ; il parle avec une fille qu'elle ne connaît pas. Goa l'appelle, mais il ne se retourne pas, comme s'il ne l'entendait pas. Sur une autre barque se trouvent ses amis, parlant et riant, loin du drame qu'elle vit. Plus loin, elle voit encore une autre barque sur laquelle se trouve son père. Il caresse le ventre de Carla et n'a d'yeux que pour elle.

– Papa, papa, je suis là ! crie Goa.

Il ne la regarde pas.

– Je suis tellement fâché contre Goa ! dit-il à Carla. Heureusement que le bébé va bientôt arriver…

Goa commence à perdre espoir. Soudain, elle distingue au loin une minuscule barque. À bord, sa mère la cherche.

– Goa ! appelle-t-elle.

– Maman ! Maman ! Maman !

Hélas, elles sont si loin qu'elle ne peut pas l'entendre. Et alors…

– Goa ! Goa ! Réveille-toi ! Calme-toi, ce n'était qu'un cauchemar.

Goa ouvrit les yeux et découvrit Carla au pied de son lit. La jeune fille se rendit compte que son visage était baigné de larmes. Elle avait pleuré en dormant !

– Goa, tu vas bien ?

Que m'arrive-t-il ?

Goa ne pouvait pas parler. Elle ressentait encore au fond d'elle la panique qui l'habitait pendant ce cauchemar. Quelle horreur… ! Elle se mit à respirer très vite, bruyamment.

– Goa, regarde-moi dans les yeux !

Mais elle en était incapable. Elle se sentait si mal !

– Goa, regarde-moi. Je suis là. Respire avec moi.

Carla prit une lente inspiration pour que Goa l'imite. Alberto, alerté lui aussi par les cris de sa fille, se tenait dans le couloir, en retrait. Il laissait Carla gérer la situation, d'une part parce qu'il sentait qu'il n'arrivait pas à communiquer avec Goa dans les situations délicates, d'autre part parce qu'il aimait bien voir sa compagne et sa fille tisser des liens au fur et à mesure.

– Qu'est-ce qui t'arrive, Goa ? demanda Carla, voyant que la jeune fille allait mieux.

– Je ne sais pas… J'étais sur la mer, seule, et personne ne venait me sauver… Papa et toi, vous ne me voyiez pas, et maman n'arrivait pas à venir vers moi…

– Goa, nous ne te laisserons jamais tomber. Nous t'aimons, et nous ne t'ignorerons jamais, même quand ton frère sera là. Tu m'entends ? insista Carla.

– Papa était fâché contre moi.

Alberto, dans le couloir, sentit un pincement au cœur. Il regretta de s'être couché sans avoir fait la paix avec sa fille.

– Toi aussi, tu étais fâchée contre lui hier soir. Cela ne signifie pas que tu ne l'aimes pas, n'est-ce pas ? Il t'adore, Goa. Ce qui n'empêche pas, parfois, d'avoir de petits accrochages, expliqua Carla avec un clin d'œil complice.

Goa laissa tomber sa tête sur l'épaule de sa belle-mère, qui l'enlaça et lui caressa les cheveux. Jamais elle n'avait fait un rêve semblable, et elle était encore sous le choc. Se sentir si seule, c'était affreux ! Même si dans son rêve tout était plus intense et exagéré, la jeune fille se rendit compte que dans son quotidien, il lui arrivait parfois de se sentir seule.

– Allonge-toi, je vais rester à côté de toi le temps que tu te rendormes, reprit Carla.

– Pas la peine...

– Si, c'est la peine. Allez, allonge-toi.

– Tu ne vas pas avoir mal au dos ?

– Ne t'inquiète pas. Depuis que je suis enceinte, je ne suis jamais bien dans mon lit, de toute façon.

Là-dessus, Carla lui planta un baiser sur la tête.

À cet instant, Goa comprit que si ses parents ne s'étaient pas séparés, elle n'aurait jamais connu Carla. Pour la première fois en un an et demi, elle eut la sensation que le divorce de ses parents lui avait aussi apporté de jolies choses.

LE DÉPART

Tout était fin prêt : le sac était bouclé et, encore mieux, les règles étaient terminées. En fin de compte, ce n'était pas aussi terrible. Ça n'avait pas duré si longtemps, et désormais, Goa se sentait en pleine forme. **Il n'y avait que deux choses qui l'inquiétaient un peu.**

La honte !

1) Et si elle faisait un mauvais rêve, comme chez son père, et qu'elle réveillait ses camarades de chambre avec ses cris ?

2) Est-ce qu'elle aurait des activités en commun avec David ?

Durant ces deux derniers jours qu'elle avait passé chez sa mère, David et Goa avaient échangé quelques messages sur Instagram. Oh ! Pas grand-chose : un commentaire sur une des photos qu'il avait postées en story, deux, trois trucs… En revanche, Goa savait qu'il discutait souvent avec deux filles de l'autre classe qui étaient très amies et, pourquoi le nier, très belles.

D'un autre côté, Klaus et Goa avaient passé un long moment à se raconter leurs vies. Ils s'envoyaient surtout des audios, c'était moins fatigant. Klaus imitait à la perfection sa mère et son frère, c'était à mourir de rire.

Pendant les cinq jours qui viennent, on ne pourra pas se parler parce qu'on n'a pas le droit d'emporter les téléphones et les tablettes pendant la classe verte.

Oh… Scheisse !

Comme tu dis. Ça craint.

Amuse-toi bien !

Pareil. Fais attention à toi et entraîne-toi aux imitations pour quand je reviendrai !

« Si nous trouvons un portable ou une tablette, ils seront confisqués et il y aura des conséquences ! » avait annoncé la maîtresse quelques jours avant le départ. En réalité, la moitié des enfants seulement possédaient un téléphone, même si tous, sans exception, prétendaient face à leurs parents que **TOUT LE MONDE** en avait un.

– Tu es inquiète, Goa ? demanda Julia le matin du départ.

– Je ne sais pas…

– Tu as hâte ?

– Bien sûr !

c'est vrai…

– Vous allez bien vous amuser. C'est la première fois que tu pars si longtemps… !

– Non, l'été dernier, je suis partie quinze jours avec papa.

– Oui, je veux dire, sans aucun de nous deux.

Julia la prit dans ses bras et lui demanda :

– Est-ce que je vais te manquer un petit peu ?

– Non.

– Non ? Pas du tout ?

– Roh, maman !

– Toi, oui, tu vas me manquer. Mais je suis contente d'entendre que tu ne seras pas triste d'être loin de nous.

Pourquoi sa mère lui disait-elle ça ? Sans le vouloir, elle rappelait à Goa ces fois où, oui, sa mère lui avait beaucoup manqué. Quand elle était petite, chez ses grands-parents, ou quand elle allait chez son père les premiers temps après le divorce. En fait, Goa ne savait pas si ses parents allaient lui manquer. Et parler de ce sujet la rendait nerveuse.

Il restait vingt minutes avant de partir pour l'école. Après le petit déjeuner, Goa monta dans sa chambre et se filma une dernière fois.

• REC

Je serai absente quelques jours parce que les tablettes sont interdites. Ils sont super-lourds avec ça ! Si je pouvais l'emmener, je ferais des photos et des vidéos des activités ! Pourquoi les profs ont droit à leur téléphone, eux ? C'est pas nullissime ? Ah, et les dortoirs ont cinq lits. Vous imaginez si David veut se mettre avec nous ? Ce serait cool, mais bon, je ne sais pas si…

AUTO

– Goa, dépêche-toi !

– J'arrive !

Je dois y aller. J'espère que je vais bien m'amuser et que je ne vais pas rêver de la mer. Si je réveille tout le monde en appelant ma mère, tout le monde se moquera de moi jusqu'à la fin de l'année. Bref : s'il te plaît, univers, aide-moi ! Bisous ! Je reviens vendredi.

Juste avant d'éteindre, une notification arriva. C'était un message de Klaus.

Nos conversations vont me manquer !

« Il est trop chou », songea Goa, qui n'avait jamais manqué à aucun garçon.

– Goa, descends ! Il est tard ! s'impatienta sa mère.

Oh…

« Merdouille ! se dit Goa. Est-ce que je lui réponds ? Et qu'est-ce qu'on répond, dans ces cas-là ? Peut-être que ses messages ne vont pas me manquer, à moi… Ou bien si ? Je ne sais paaas. »

Alors, elle choisit l'option facile :

😛

« Pas très sympa, comme réponse », se dit-elle. Mais elle n'avait plus le temps de lui écrire. En descendant l'escalier, elle se rendit compte que son cœur battait à toute vitesse. À cause de ce dernier message, à cause du départ imminent ou à l'idée de peut-être passer plus de temps avec David ces jours-ci ? Allez savoir !

BOA

Goa ne s'était jamais demandé si elle aimait les garçons ou les filles jusqu'à ce qu'Anna tombe amoureuse d'elle. Ça n'avait pas été facile, parce qu'elles étaient très amies. Aucune des deux ne savait comment gérer la situation, qui était gênante au début. Goa avait confié à Anna qu'elle ne savait pas encore si elle aimait quelqu'un, et elle avait alors commencé à faire attention à ce qu'elle ressentait en compagnie des uns et des autres. Assez rapidement, elle avait compris qu'elle préférait les garçons.

Anna, consciemment ou pas, avait attendu sa réponse avec espoir, et quand Goa lui avait dit non, elle avait éprouvé une profonde déception. La mère d'Anna, qui soutenait beaucoup sa fille, lui avait dit : « **C'est ton amie. Ne laisse pas cette amitié disparaître !** » Alors, au prix d'un certain effort, Anna avait réussi à faire en sorte que tout redevienne normal entre elles. Goa aussi s'y était efforcée, parce qu'elle ne voulait pas perdre sa meilleure amie, encore moins pour cette raison.

En fin de compte, Goa ne s'était jamais intéressée aux histoires d'amour avant cette année. Elle avait commencé à regarder les garçons d'une autre manière : celui qu'elle trouvait le plus beau, ou bien le plus sympa… Bien souvent, elle ne partageait son avis avec personne. Elle avait un peu honte d'en parler ouvertement. En plus, impossible d'en discuter avec Anna, que le sujet gênait beaucoup.

Nadia, elle, était à des années-lumière de ces histoires. On aurait dit qu'il n'y avait que l'école qui l'intéressait. Quant à Bruno, d'après Anna, c'était encore un bébé. Voilà pourquoi personne ne savait à quel point elle était attirée par David. Ni que Klaus était en train de devenir un autre très bon ami à elle.

Dans le bus, l'excitation était telle que les adultes avaient du mal à se faire entendre. Certains élèves riaient et criaient, d'autres se levaient pour changer de siège… Bref, ils ne cachaient pas leur joie de quitter leurs parents pour cinq jours ! En plus, ils avaient eux-mêmes préparé leur voyage de A à Z.

Goa aurait seulement voulu que Toni et Ricky, les gros lourdauds qui se faisaient toujours remarquer, restent chez eux. **« Ils font les malins et embêtent tout le monde pour attirer l'attention, mais au fond, ils n'ont pas confiance en eux »**, disait Anna. Tout le monde était d'accord avec elle. Cependant, cela ne consolait pas Goa, qui tâchait de se faire la plus petite possible quand ils n'étaient pas loin.

Hélas, son prénom était trop original pour passer inaperçu. Dès que ces deux idiots de service étaient stressés ou énervés, ils s'en prenaient à leurs souffre-douleur : ils critiquaient Pablo qui portait des lunettes et était très bon élève ; il faisait des commentaires déplacés à Mirela, la plus grosse de la classe ; ou bien ils criaient le fameux **« Boa constricteur »** et s'amusaient à imiter un serpent terrifiant. Goa en avait **teeellement assez**, elle connaissait leur chansonnette **teeellement par coeur** qu'elle n'y faisait

trop injuste !

même plus attention. Ça entrait par une oreille et ça sortait par l'autre… **Du moins, c'est ce qu'elle voulait croire. En réalité, cela la mettait très mal à l'aise.**

À l'heure du dîner, les enfants firent la queue au réfectoire. Quand Goa passa devant Toni et Ricky pour aller s'asseoir à la table où se trouvaient déjà Anna et Nadia, le second s'écria :

– Faites gaffe au Boa, quand elle aura fini son plateau, elle va tous nous bouffer ! Pas vrai, Boa constricteur ?

Goa sentit qu'elle était au centre de l'attention et devint rouge comme une tomate. Elle jeta un regard noir à Ricky et poursuivit son chemin. Bruno, qui la suivait, s'arrêta devant la table des deux imbéciles et clama bien fort :

– Ah, si seulement quelqu'un pouvait te bouffer, on aurait la paix !

– **Qui vote pour ?** s'écria Anna.

Tous les élèves rirent et l'applaudirent.

– **Oui, s'il vous plaît !!!** cria quelqu'un.

Et l'ensemble des élèves levèrent la main, à l'exception de Toni et Ricky.

Goa, morte de honte, s'assit en priant pour ne pas se mettre à pleurer.

Anna mit la main sur son épaule en disant :

– Allez, c'est qu'un gros idiot, tu le sais.

Goa écarta la main d'Anna. Elle ne voulait pas de sa compassion. Elle était en colère et n'avait qu'une envie : frapper cet imbécile qui répétait À TOUT BOUT DE CHAMP cette satanée blague sur son prénom. Est-ce que c'était sa faute si elle s'appelait comme ça ?

Bruno vint s'asseoir face à Goa.

– **Personne ne s'en prend à mes amies** ! s'exclama-t-il.

– Merci, murmura Goa.

– De rien. S'ils insistent, je leur jetterai leur plateau à la figure.

Goa ne dit rien. Elle mangea son plat sans grand appétit.

Même si elle ne le lui disait pas, elle ressentait une grande gratitude envers Bruno. Il s'était montré très courageux. Toni et Ricky mesuraient une tête de plus que lui, et il s'en moquait. Il n'avait pas peur de défendre ses amis. Cet incident gâcha un peu le premier dîner du séjour, mais par chance, ces imbéciles allaient vite être oubliés au milieu de cette formidable classe verte.

LE VOYAGE

Non seulement ses parents ne lui manquaient pas, mais Goa ne pensa pratiquement pas à eux (ni à ce petit frère qui était en train de grandir dans le ventre de Carla ni à sa vie en dehors de la classe verte). Hormis l'incident du premier soir, **Goa vivait un des meilleurs moments de sa vie** ; elle était heureuse de faire tout ce qu'ils avaient préparé pendant l'année. Et au-delà du plaisir que les élèves prenaient dans chaque activité, ils se sentaient fiers d'avoir organisé un tel événement. Cela les faisait se sentir responsables, et à l'exception de quelques conflits (toujours avec les mêmes), le séjour était une vraie réussite.

Après la veillée « chair de poule », que tout le monde avait adorée, Goa et ses amis discutèrent dans la chambre. Finalement, David partageait un dortoir avec des élèves de sa classe, et même si Goa et lui

Grosse merdouille

avaient un peu parlé, **il était évident qu'il s'intéressait plus à d'autres filles qu'à elle.**

– Au lit ! annonça bientôt la maîtresse.

Goa et les autres, dociles, répondirent oui en chœur, mais aucun ne fit le moindre mouvement pour aller se coucher. La maîtresse s'y attendait un peu. Elle savait aussi que ce petit groupe ne lui causerait pas de soucis. Après tout, c'étaient leurs derniers instants de primaire… Alors elle ferma la porte et fit semblant de n'avoir rien vu.

– **Quelqu'un d'autre a apporté des trucs à grignoter ?** lança Anna en extirpant de son sac à dos un énorme sachet de chips.

Nadia sortit un paquet de bonbons et Goa s'écria :

– Merdouille, je n'y ai pas pensé !

– Je te l'avais dit, pourtant ! la disputa Anna. Mais comme tu es dans la lune…

– C'est vrai qu'en ce moment, tu as l'air ailleurs, renchérit Nadia.

– Oh, ça va, la paix ! lâcha Goa.

– Allez, raconte. Qu'est-ce qu'il y a ? demanda Bruno, qui aimait beaucoup les ragots.

– Elle ne vous a pas dit ? s'insurgea Anna.

– Quoi ?

– Pour son père…

– Non. Qu'est-ce qui se passe ? demandèrent Nadia et Bruno.

– Je… je vais avoir un petit frère, expliqua Goa. Mon père et sa compagne attendent un bébé.

– Hein ! Sérieusement ? C'est incroyable, Goa ! s'étonna Nadia qui avait une famille très classique.

– Bah, ce n'est pas si bizarre… Aujourd'hui, tout le monde a des parents séparés, des frères et des sœurs de tous les côtés… Enfin, tout le monde sauf toi !

Ils se mirent à rire. Goa ne parla pas du fait qu'elle ne savait plus quoi faire pour que David la remarque, et elle ne mentionna pas non plus que les changements qui se produisaient dans son corps la rendaient dingue.

– Vous avez remarqué que Luna s'intéresse à moi ? demanda brusquement Anna. Vous croyez que je lui plais ?

– Ah bon ? Je n'ai pas fait attention, dit Bruno.

– De toute façon, tu ne fais jamais attention à rien, toi, l'attaqua Goa.

– Fais gaffe à ce que tu dis ! Sinon, je ne prendrai plus jamais ta défense.

- Pardon…

– Hé, les gars, n'oubliez pas qu'on était en train de parler de moi ! intervint Anna.

– Franchement, je ne sais pas quoi te dire, répliqua Nadia. Est-ce que Luna aime les filles ?

– Je dois forcément lui plaire, puisque je suis superbelle. Pas vrai ? répondit son amie en se dandinant comme si elle défilait pour un grand couturier.

« Heureusement qu'ils n'ont mis personne d'autre dans notre dortoir, se dit Goa. On peut être nous-mêmes, et ça fait du bien ! »

Elle sourit intérieurement. Décidément, elle aimait beaucoup ses amis.

Aaah !

À cet instant, David entra dans leur chambre.

- Salut ! Vous faites quoi ?

Anna donna un coup de pied à Goa, qui se sentit soudain nerveuse.

– On parle, répondit Bruno.

– Vous voulez venir dans notre dortoir ? On joue aux cartes !

Aaaaaaah !

– **Bof, c'est nul...** commenta Anna.

Goa l'aurait tuée. Elle mourait d'envie d'y aller !

– Et toi, Goa ? demanda David.

– Euh…

– Bon, si tu veux venir, tu sais où nous trouver !

Là-dessus, il ferma la porte et s'en alla.

Merdouille... Et qu'est-ce que je fais, maintenant ?

INDÉCISION

Que faire quand on voudrait rejoindre le garçon qui nous plaît, mais qu'on est presque sûre qu'il ne nous aime pas ? Goa n'avait pas la réponse. Par chance, ses amis décidèrent finalement d'y aller. Ils partirent tous les quatre, en faisant le moins de bruit possible pour que les adultes ne se doutent de rien.

Arrivés dans l'autre dortoir, ils furent un peu déçus : leurs camarades jouaient aux cartes et mangeaient des bonbons, comme eux, mais ils avaient l'air de s'ennuyer. **Et David avait beau avoir invité Goa, une fois qu'elle fut là, il ne lui adressa pas un regard.** Anna boudait parce qu'elle n'avait pas envie d'être là. Et ni Nadia, ni Bruno, ni Goa ne connaissaient les règles du jeu de cartes auquel les autres élèves jouaient. Au bout d'un moment, ils préférèrent retourner dans leur chambre.

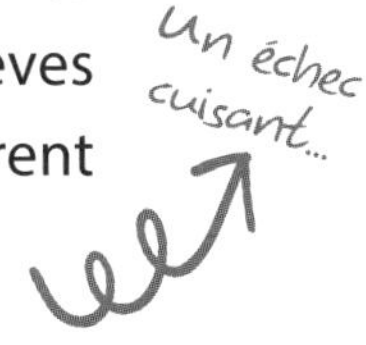

Bien sûr, pour être fixée, il aurait suffi que Goa dise simplement à David : **« Tu me plais. Et moi, est-ce que je te plais ? »** Ainsi, elle aurait cessé de se faire des illusions pour rien. Hélas, ni elle ni ses amis ne savaient comment se confronter à ce qui les tracassait. Encore moins quand cela impliquait de parler d'amour avec quelqu'un de leur âge. Du coup, Goa avait choisi d'éviter d'y penser et de continuer comme si de rien n'était.

Le problème, c'est que lorsqu'on essaie d'éviter certaines choses, la vie se charge de nous les remettre sous le nez. C'est justement ce qui se passa pour Goa le dernier soir.

C'était le moment de la boum. Goa avait mis des vêtements dans lesquels elle se sentait jolie, dans l'espoir que David fasse attention à elle. Et lui, il s'était aspergé de parfum et marchait comme s'il allait, à tout moment, monter sur un podium.

« Qu'est-ce qu'il est beau ! » se dit Goa en le voyant arriver. Tout le monde s'était mis sur son trente-et-un, comme pour un mariage.

– Est-ce que je suis belle ? demanda Nadia.

– Très ! s'enthousiasma Goa qui lui avait prêté un de ses hauts.

– C'est un peu la honte, de danser devant tout le monde, non ? s'inquiéta Bruno. Ne comptez pas sur moi, je vous le dis tout de suite.

– **Tu ne veux pas danser avec Paula ?** se moqua Anna, qui savait que Bruno l'aimait bien.

– Arrête…

– Ben quoi ? Tu pourrais l'inviter !

– Fais-le, toi, si t'en as tant envie ! répliqua Bruno, un peu gêné.

– Les amis, c'est une boum, pas un cours de danses de salon ! intervint Goa. Ici, tout le monde danse seul, point. Si quelqu'un ose se lancer, bien sûr…

Les élèves bavardaient au bord de la piste, mais personne n'osait faire le premier pas, au grand dam de la maîtresse et du professeur de sport.

– Allez, venez ! Ne nous laissez pas seuls ! lança-t-il.

Les élèves se regardaient avec l'air de dire : « Faites qu'ils arrêtent, s'il vous plaît », mais les adultes continuaient de se déhancher, attendant que les enfants se décident.

Et il en fut ainsi. Quand retentit le dernier tube à la mode, certains se mirent à sauter comme des cabris. Au bout d'un moment, tout le monde transpirait comme après le cours de sport.

Quand ils commencèrent à être un peu fatigués, un adulte baissa le son et un slow démarra. Au secours, et s'il fallait danser en couple ? L'angoisse !

Oups !

Intrigué, Bruno regarda ses amies.

– Qu'est-ce que ça veut dire ?

– Que tu peux maintenant inviter Paula à danser ! répondit Anna en riant.

– Même pas en rêve.

Mais bientôt, certains couples se lancèrent autour de la piste de danse. Les autres ricanaient, mais qui sait si, au fond, ils n'étaient pas jaloux ?

– Allez, Bruno, vas-y, peut-être qu'elle te dira oui ! l'encouragea Goa.

– Je le fais si tu invites David, répliqua Bruno.

Goa devint rouge. Elle ne savait pas que Bruno s'était rendu compte qu'elle aimait bien David !

– Jamais de la vie.

– Eh ben, pareil pour moi.

Au même instant, Goa remarqua que David invitait Valentina, une fille de sa classe. Goa sentit un pincement au cœur, avec un arrière-goût amer de tristesse et de colère.

– Je suis désolée, lui glissa Anna à l'oreille en passant un bras autour de ses épaules.

– T'inquiète, je m'en fiche.

– Sûre ?

– Sûre.

Mais non, elle ne s'en fichait pas. Bien sûr que non. Son expression ne changea que lorsqu'elle vit Paula s'approcher de Bruno.

– On danse ? lui proposa-t-elle.

– Oui ! répondit celui-ci.

Anna, Goa et Nadia furent ravies pour lui !

MES AMIS ME MANQUENT

À peine rentrée de voyage, Goa se languissait déjà de retrouver ses amis. **Elle ne les reverrait pas avant lundi...** La veille, après la boum, ils avaient tous très peu dormi. Ils s'étaient beaucoup amusés à sauter, à danser et à chanter (ou plutôt à crier), puis ils avaient fait les fous dans les dortoirs jusqu'à ce qu'ils tombent un à un d'épuisement dans leur lit. Goa avait vécu l'une des meilleures soirées de sa vie ! Mais le lendemain, en arrivant chez elle, elle fut prise d'une fatigue monumentale (sans parler du fait qu'elle était d'une humeur de chien).

Pff...

Elle devait passer le week-end chez son père, mais ils avaient convenu qu'il viendrait la chercher un peu plus tard chez Julia pour lui laisser le temps de défaire son sac et de préparer ses affaires pour le week-end.

Tout cela lui semblait insurmontable. Goa n'avait qu'une envie : s'allonger sur son lit avec sa tablette et que tout le monde la laisse tranquille. Ce voyage avait été tellement génial (hormis le sujet David) qu'elle aurait voulu y retourner tout de suite. Rien d'autre ne lui faisait envie.

À peine entrée dans sa chambre, elle alla directement chercher sa tablette et se filma.

• REC

Ça y est, je suis revenue. Mon Dieu, quelle semaine… ! C'était l'une des meilleures de ma vie. C'était teeellement génial ! On n'a fait que rire et s'amuser. Dommage que David préfère Valentina. Je le savais, en vrai, mais je suppose que… j'avais quand même de l'espoir. Ces jours-ci, en tout cas, je me suis rendu compte qu'il se fichait complètement de moi. Eh ben, qu'il aille se faire voir ! Ah ! et Bruno a été adorable. Il m'a défendue face aux lourdingues de service qui – oh, surprise ! – m'ont appelée Boa constricteur pour la millionième fois. Pff… pourvu que je ne les voie plus l'année prochaine ! Je ne les supporte pas. En plus, on est tous très stressés parce que dans quelques semaines, on saura dans quel collège on va. J'aimerais bien être avec Anna, au moins. Même si, bien sûr, ce serait cool de retrouver aussi Nadia et Bruno. Là, je dois aller chez mon père et j'ai une flemme monumentale… Je suis crevée,

parce que nous n'avons pas beaucoup dormi cette nuit. Je resterais bien ici à ne rien faire, jusqu'à lundi !

Elle cessa de filmer et écrivit à Klaus.

Hello ! Ça y est, je suis rentrée.

Klaus répondit aussitôt.

Hé ! Il était temps !

Est-ce qu'elle lui avait manqué ?

Comment tu vas ?

C'est à moi de te poser la question.
Comment ça s'est passé ?

Trop bien ! C'était génial !

Cool. Moi aussi je vais bientôt partir en classe verte. Finalement, tu m'as convaincu.

Incroyable ! Klaus l'avait écoutée…

Je suis trop contente pour toi !

Au fait… tu es revenue avec un petit copain ?

Mais qu'est-ce que tu racontes ?
Ça va pas la tête ?

On ne sait jamais.

Euh… non. Non merci.

Cool.

Qu'est-ce que ça signifie ?

Hum… C'était quoi, ça ? Est-ce que Klaus s'intéressait à elle ? Goa se figea. Elle était encore en train de digérer la conversation et de réfléchir à sa réponse quand elle entendit la sonnette de la porte d'entrée.

C'était sans doute son père. Or, elle n'avait ni défait sa valise ni préparé son sac pour le week-end. Rien de rien !

– Goa, ton père est arrivé ! cria sa mère au rez-de-chaussée.

Là, c'était vraiment le moment de se dépêcher.

Klaus, mon père est là, je vais chez lui ce week-end. J'emporte la tablette. On se parle ce soir ?

OK. Moi je ne verrai pas le mien avant un mois…

Nul. Désolée.

T'inquiète, c'est normal, on vit à des milliers de kilomètres… C'est comme ça.

D'accord. À plus tard !

En bas, Alberto s'impatientait. Goa l'entendit dire :

– Tu n'as pas l'impression qu'elle met un temps fou à faire les choses, en ce moment ? Elle était plus dynamique, avant. Maintenant, elle fait tout à une allure de tortue !

– **Ça dépend si ce qu'elle doit faire l'intéresse ou pas. Quand elle veut, elle peut être très rapide !** répondit Julia.

– Eh, oh ! Je vous entends ! cria Goa.

Et ils se mirent à rire.

– Alors dépêche-toi, petite tortue ! plaisanta son père.

Goa monta dans la voiture en soufflant. Durant tout le voyage, elle ne répondit que par monosyllabes.

– Tu n'as pas bien dormi, pas vrai ? lui demanda son père.

– Hum… ronchonna-t-elle. Non.

– Je comprends mieux. Dès que nous aurons fini de dîner, tu iras vite te coucher.

Par chance, son père avait compris le message. Ce dont elle avait besoin, c'était de n'avoir à parler à personne. Ainsi, elle ne risquait pas de se montrer désagréable. Après le dîner, Goa alla directement dans son lit. Alberto et Carla n’en revenaient pas : en temps normal, le vendredi, Goa retardait le plus possible le moment du coucher. Ce soir-là, elle était si fatiguée qu’elle ne pensa même pas à allumer sa tablette. Elle n’en pouvait plus !

CROIS EN TES RÊVES

Cette nuit-là Goa fit de nouveau un cauchemar. Pendant la classe verte, elle avait rêvé de la mer, mais il ne se passait pas grand-chose : soit elle était sur un bateau, soit elle regardait les vagues depuis la plage. Par chance, elle n'avait pas crié dans son sommeil ! Mais cette nuit-là, chez son père, elle rêva qu'elle allait à la plage avec lui et Carla. Il y avait aussi Klaus, Anna, David, la maîtresse et cet idiot de Ricky, celui qui la traitait de boa.

Goa voit que le niveau de la mer est en train de monter et qu'une vague énorme s'approche. Autour d'elle, personne ne réagit. Elle se met à crier, mais ils ne font pas attention à elle. Alors la vague atteint la plage et submerge Goa, qui se met à tournoyer sous l'eau.

Quand enfin elle parvient à refaire surface, elle remarque que tout le monde, sur la plage, continue comme si de rien n'était. La vague n'a emporté personne d'autre. Goa se met à crier mais personne ne l'entend.

– Goa ! Goa ! Réveille-toi !

Il était trois heures du matin et Alberto se tenait près d'elle. Il l'avait entendue crier : « À l'aide ! À l'aide ! »

oh non !

– Qu'est-ce qui t'arrive ? demanda-t-il.

Goa ouvrit les yeux et comprit qu'elle avait pleuré.

– Goa, tu criais en dormant... Tu as dû rêver.

– C'était comme d'habitude, papa, je n'en peux plus ! répondit-elle en séchant ses larmes.

– De quoi rêves-tu, Goa ?

Cette fois, au lieu de répondre « rien », elle lâcha sans réfléchir :

– Je rêve de la mer, encore et toujours. Je me noie ou je tombe à l'eau, et personne ne me voit. Cette fois, il y avait un tsunami, mais il n'emportait que moi. Je ne sais plus quoi faire, papa…

Goa avait la gorge nouée.

Carla entra dans la chambre à son tour. Elle s'assit en silence au pied du lit.

Désormais, Goa pleurait de frustration. C'était si agaçant de faire toujours le même rêve ! Parfois, elle avait peur de s'endormir.

Voyant qu'Alberto ne disait rien, Carla s'approcha de Goa.

– Sais-tu ce que signifie l'eau dans les rêves ?

– Oui, les émotions. Maman me l'a déjà dit un tas de fois. Et alors ?

– Eh bien, dans ta vie, en ce moment, il se passe beaucoup de choses. Tu ressens de nombreuses émotions fortes. **Avoir douze ans, ce n'est pas facile !** Je me souviens quand j'avais ton âge. On ne se sent plus une enfant, mais pas une adulte non plus. On n'a plus envie de faire certaines choses pourtant obligatoires, et on voudrait en faire d'autres qui nous sont encore interdites. Le monde paraît si grand et attirant… En même temps, il fait très peur, et on aimerait mieux

Tu l'as dit !

rester couché sous sa couette toute la journée plutôt que de l'affronter. On aime nos parents, et en même temps, parfois, ils nous font honte ou nous dérangent avec leurs questions. Est-ce que j'ai raison ?

Goa se sentit gênée d'entendre Carla prononcer ces choses devant son père. Elle avait mal à la tête et séchait ses larmes comme elle pouvait.

– En plus, tes parents se sont séparés, je suis arrivée, tu vas avoir un petit frère, et tu viens d'avoir tes règles… Ça fait beaucoup.

– Et il n'y a pas que ça… murmura Goa.

– J'imagine. Tu as peut-être des conflits avec tes amis ; peut-être que tu aimes quelqu'un et que tu ne sais pas comment lui dire ; ou au contraire tu plais à quelqu'un mais ce n'est pas réciproque, et tu ne veux pas lui faire de mal… La vie, c'est toujours compliqué, mais à douze ans, c'est encore plus difficile car il te reste beaucoup à apprendre.

Goa ne dit rien. Carla sut qu'elle était sur la bonne voie.

– **C'est normal de ressentir plein d'émotions. Cela signifie que tu es vivante. Ce n'est jamais une**

mauvaise chose. Certaines personnes sont plus sensibles que d'autres, mais nous éprouvons tous des tas de sentiments dans une journée. Simplement, tu dois apprendre à respirer et à gérer ce qui t'arrive. Cela peut être en parlant à quelqu'un, en jouant de la musique ou au volley, comme tu le fais déjà. Et puis, peu à peu, tu vas grandir, et tout va rentrer dans l'ordre. Ce sera de plus en plus facile, je te le promets.

– Et qu'est-ce que je fais, pour mes cauchemars ?

– Essaie ça : avant de t'endormir, répète dans ta tête : **« D'accord, la mer. Si tu veux venir, viens, mais aujourd'hui je vais surfer ! »** Et au lieu de laisser la mer t'emporter, dans ton rêve, va chercher une planche de surf et amuse-toi. Tu sais quoi ? Rêver, ça ne coûte rien. Tout se passe à l'intérieur de toi. Essaie de créer ton rêve tel que tu aimerais le vivre !

Mouais...

Goa se dit que c'était du grand n'importe quoi. On voyait que Carla était art-thérapeute… **Mais au fond, elle comprit que cela l'aidait à se sentir mieux.** C'était curieux : depuis quelques mois, il lui était plus facile de parler à sa belle-mère qu'à sa propre mère. Goa se sentait un peu coupable, mais elle ne pouvait pas s'en empêcher. C'était comme ça. Carla lui fit un baiser sur le front et sortit de la pièce. Quand ils furent seuls, Alberto déclara :

– Même si je ne m'exprime pas aussi bien que Carla, je veux que tu saches que je suis là et que je t'aime.

– Je le sais, dit Goa, les yeux encore humides.

– Je t'aime très fort, ma chérie. Bonne nuit.

– Bonne nuit.

LE DERNIER JOUR

Goa avait beaucoup discuté avec Klaus, ces dernières semaines. **Ils parlaient de tout.** Elle connaissait maintenant les prénoms de tous ses amis d'Allemagne et elle les suivait même sur Instagram. Klaus connaissait la vie d'Anna, de Nadia et de Bruno, et il était au courant de la quasi-totalité du quotidien de Goa. Comment quelqu'un qui faisait partie de sa vie depuis si peu de temps pouvait-il devenir si important ? Ce matin-là, au réveil, Goa reçut un message de sa part.

> Bon dernier jour d'école !
> Vivement le voyage à Majorque ;-).

Majorque… Ils partiraient très bientôt, et ils passeraient beaucoup de temps ensemble.

Boum-boum, boum-boum, boum-boum !

Soudain, Goa sentit son cœur battre fort. Elle prit une grande inspiration et répondit :

Pareil pour toi ! Tic-tac, tic-tac.

Avant de sortir de sa chambre, même si elle avait dit à sa mère qu'elle descendait tout de suite prendre son petit déjeuner, elle se filma.

• REC

Dernier jour de classe ! C'est la fin de l'école primaire. Je suis un peu stressée et j'ai peur de me mettre à pleurer pendant la cérémonie de fin d'année. Je suis très émotive, et s'ils commencent à dire des trucs gentils ou que je vois quelqu'un pleurer, c'est sûr, je ne pourrai pas m'arrêter ! Ils penseront que je suis triste, alors que je suis trop heureuse ! J'ai vraiment hâte d'aller au collège. Mais bon… j'ai aussi un peu de peine de quitter mon école. Je vous raconterai plus tard si j'ai pleuré ou non, Anna va bientôt passer me chercher. Salut !

AUTO

Quand elle descendit dans la salle à manger, sa mère lui montra son portable.

– Regarde, Goa, un message de ton père !

> Joyeux dernier jour de primaire, ma chérie ! Je suis fier de toi. Profite bien. On se voit cet après-midi à la cérémonie ! Je t'aime.

Goa ressentit cette appréhension qu'elle avait chaque fois qu'elle devait apparaître en public avec sa mère, son père et Carla enceinte. Cela ne lui plaisait toujours pas, même si elle était loin d'être la seule enfant de divorcés.

La sonnette de la porte d'entrée chassa ce sentiment. Avant que Goa ait eu le temps d'ouvrir à Anna, Julia la regarda dans les yeux et lui dit :

– Ma chérie, avant que tu t'en ailles, je voulais te dire que je t'aime très fort. Et bravo pour toutes ces années de primaire. À cet après-midi !

Est-ce que c'était vraiment nécessaire de le lui rappeler toutes les trois minutes ? Voilà, maintenant, elle avait envie de pleurer, et elle n'était pas encore arrivée à l'école !

Ce jour-là, effectivement, fut très spécial. Le matin, les élèves allèrent déguster une glace, puis firent une bataille d'eau géante et, pour finir, s'écrivirent des petits mots sur un tee-shirt que l'école offrait à chaque enfant.

Enfin, le moment de la cérémonie de fin d'année arriva. Les enfants en avaient entendu parler, mais ils n'y avaient jamais assisté, car cette fête était réservée aux élèves de sixième et à leurs parents.

Que de souvenirs !

La grande salle, bondée, était décorée comme pour les grandes occasions. Partout pendaient des guirlandes, des photos des enfants, du voyage et de toute leur scolarité, et des affiches couvertes de messages encourageants pour l'avenir.

Quand la cérémonie commença, Goa avait un nœud dans la gorge. **Tout était si émouvant, si joli...** Elle était assise avec tous ses amis. Depuis deux jours, elle savait qu'au collège, elle ne retrouverait que Anna et Bruno. David et Nadia seraient dans un autre établissement, à un quart d'heure à pied. Cela la rendait un peu triste, mais concernant David, elle savait qu'il serait plus facile ainsi de l'oublier.

Tout était très étrange. D'un côté, elle ressentait de la peine, et en même temps, elle était contente de terminer cette année scolaire. Et en plus, les vacances d'été promettaient d'être super. **Goa crut qu'elle allait se mettre à pleurer.** Alicia, leur maîtresse, monta sur scène.

– Aujourd'hui est un jour très important. Vous avez passé de nombreuses années dans cette école, et désormais, vous allez voler de vos propres ailes. Vous allez continuer de grandir et d'apprendre dans des lieux différents. Pour nous – je parle au nom de toute l'équipe éducative –, cela a été un honneur et un privilège de vous accompagner. Vous êtes fantastiques ! Nous vous souhaitons à toutes et à tous une belle vie remplie de bonheur.

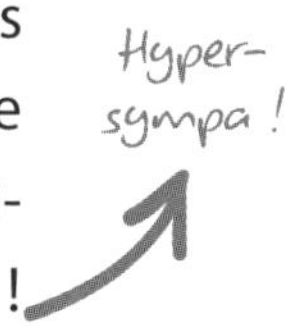

En larmes, Anna prit la main de Goa, et celle-ci ne put se retenir davantage. Elle tendit son autre main à Bruno, qui à son tour attrapa celle de Nadia. **Très émus, ils prirent conscience qu'ils avaient grandi. Ils étaient heureux et effrayés en même temps.**

CÉRÉMONIE
DE FIN D'ANNÉE

Chacun d'entre eux se demandait : « Et maintenant ? Est-ce qu'on continuera d'être amis ? Est-ce qu'on continuera de se voir ? Et si le collège ne nous plaît pas ? » Des doutes, des peurs, mais aussi des envies, de la joie, et de la motivation. Enfin, une fois les discours finis, une chanson à la mode retentit. C'était le moment de crier, de chanter et de danser !

Quelle fête, ce jour-là ! Ils s'amusaient tant qu'ils finirent par oublier que leurs parents étaient dans la salle. Après de nombreuses embrassades, pleurs, éclats de rire, ils se dirent des choses qu'ils ne s'étaient jamais dites. Comme ce que Goa osa enfin dire à David avant qu'il s'en aille :

– Prends soin de toi !

– Toi aussi, Goa. Tu déchires.

« Tu déchires. » Bon, ce n'était pas si mal… Ils se tapèrent dans la main et chacun s'en alla de son côté.

Qu'est-ce que ça veut dire ?

Ce soir-là, encore sous le coup de l'émotion, Goa prit sa tablette :

• REC

Cette journée était juste géniale ! Je n'aurais pas pu rêver mieux. J'ai tellement hâte d'entrer au collège l'année prochaine… même si je suis triste que Nadia ne soit pas avec nous. C'est nul ! Les amis ne devraient jamais être séparés, vous ne croyez pas ?

Aujourd'hui, j'ai tapé dans la main de David et… pfiou ! mon cœur a failli sortir de ma poitrine. Mais peu importe : je ne lui plais pas. Il m'a dit : « Tu déchires. » Juste ça. Finalement, on s'est tous pris par la main à la fin de la cérémonie. C'était un moment super-émouvant. On avait les larmes aux yeux. Et maintenant… VACANCES !!! Et dans très peu de temps… Majorque, avec Klaus ! Trop cool ! Il se passe tellement de choses que je n'arrive presque plus à respirer !

AUTO

Elle arrêta l'enregistrement et se mit au lit. Dès qu'elle sentit qu'elle commençait à s'endormir, elle se répéta les paroles de sa belle-mère : **« D'accord, la mer, si tu veux venir, viens, mais je vais surfer ! »**

Et comme il fallait s'y attendre après une journée aussi bien remplie, au beau milieu de la nuit, elle commença à rêver.

Goa nage tranquillement dans la mer quand soudain, le ciel s'obscurcit. Les vagues grandissent. Goa tente de revenir vers la plage, mais l'eau la ramène en arrière. Elle n'a plus la force de nager à contre-courant. Là, pour la première fois depuis le début de ces cauchemars aquatiques, la jeune fille entend une voix qui semble sortir d'elle-même. « Goa, tu es en train de rêver. Comment peux-tu faire en sorte que ce soit plus drôle ? »

Elle ressent brusquement un immense soulagement. Ceci n'est pas réel, elle peut modifier son rêve à sa guise ! Malgré les vagues, elle regarde autour d'elle. Et là, surprise ! Une planche de surf se matérialise, comme si quelqu'un l'avait placée là exprès pour elle. Elle y grimpe et se couche sur le ventre pour reprendre des forces. Puis, quand elle voit qu'une nouvelle vague s'approche, elle se met debout… et surfe !

« Incroyable ! J'ai beau ne jamais avoir fait de surf, je peux en faire aussi bien que je veux dans mon rêve ! » songea-t-elle.

Trop cool !

Pourquoi n'avait-elle pas essayé avant ? Toujours à l'intérieur de son rêve, elle se sentait forte et sûre d'elle. Elle avait le pouvoir de maîtriser toutes les vagues qui venaient. Quelle grande découverte ! Cette nuit-là, il n'y eut ni cris ni pleurs. Elle rêva beaucoup, mais se réveilla avec la sensation d'avoir vécu une expérience géniale. Ça tombait bien : dans quelques jours, elle allait devoir monter sur un bateau. C'était comme si cette planche de surf l'avait aidée à dépasser ses peurs. Il était temps !

ENCORE DES CHANGEMENTS

Tu fais quoi ?

C'était un message de Bruno.

Ma valise… Je pars à Majorque une semaine et on prend le bateau ce soir.

Et toi ?

La chance ! Je suis au camping avec mes parents. Nos amis ne sont pas arrivés et je sais pas quoi faire.

Pourquoi tu vas pas à la plage ?

Je suis fatigué. Debout tous les matins à neuf heures pour soi-disant « être actif ». Mais j'ai pas envie de faire quoi que ce soit si mes amis ne sont pas là.

Arrête de te plaindre !

Anna m'a dit que le stage de volley était cool. Vous vous êtes bien amusées ?

C'était sympa, mais Anna a surtout aimé parce qu'elle a rencontré une fille… Une nouvelle…

Ah ouais ?! Elle est comment ?

Normale. Je crois.

Houla. Il se passe quoi ?

Rien du tout.

Allez, Goa, crache le morceau !

Anna m'a complètement zappée.
Elle n'en avait que pour cette fille.
Franchement, ça m'a saoulée.

Ben, normal, si elle lui plaît.

Ouais… Je sais pas, elle m'a manqué.

Dis-lui !

Ouais. Viens, on parle d'autre chose.
Et je dois faire ma valise !

Goa lui envoya une photo de sa valise à moitié terminée. En guise de réponse, Bruno lui en envoya une de ses pieds. Il était allongé dans un hamac.

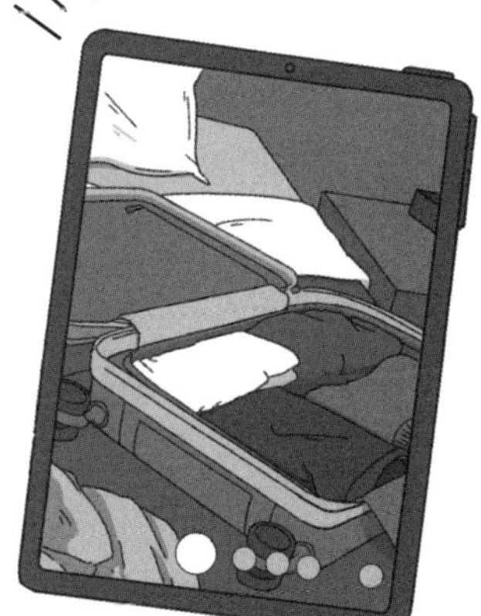

Goa n'oserait jamais dire à Anna ce qu'elle avait confié à Bruno. Elle se sentait jalouse de l'amitié naissante entre Anna et Laura, et cela la gênait. Anna avait le droit de se faire de nouvelles amies, et Goa ne voulait pas lui faire de mal. **Mais qu'est-ce qu'elle lui manquait… !** Pendant les prochaines semaines, Goa allait partir à Majorque, puis au camping, et Anna irait à la montagne chez sa mère. Elles ne se reverraient pas avant longtemps. Avant de poser sa tablette, Goa lui écrivit quand même.

> Coucou ! Je m'en vais cet aprèm. Tu vas me manquer. On se voit à notre retour ! Amuse-toi bien cet été à la montagne et… avec Laura 😁.

Anna ne répondit pas.

Au même instant, Goa sentit quelque chose de bizarre. Elle courut aux toilettes. Les règles ! Elle n'y pensait plus. Cela faisait si longtemps que ses premières règles étaient arrivées qu'elle se croyait tranquille pour un moment. Mais non. Il fallait qu'elle les ait pile

Merdouille !

le jour où elle allait prendre le bateau avec Klaus ! « Naze de chez naze », songea-t-elle. Après avoir mis une serviette hygiénique et pesté plusieurs fois aux toilettes, elle alla chercher d'autres culottes dans son placard et les fourra dans sa valise.

Q1 **« Ding ! »** Notification d'Instagram.

C'était Klaus, qui lui envoyait une photo de sa valise vide et disait **« La flemme ! »**. Goa répondit par une photo de sa propre valise (fermée, parce qu'elle ne voulait pas qu'il voie ce qu'elle contenait). Un mélange de plaisir, de stress et de peur s'installa au creux de sa poitrine. Il restait encore six heures avant le départ du bateau. Beaucoup trop long !

Par chance, un nouvel événement vint lui changer les idées.

– Goa ! Papa et Carla sont là !

La jeune fille descendit et remarqua que le ventre de Carla avait beaucoup grossi depuis la dernière fois. Elle posa la main dessus.

– Salut, le pois chiche !

– Ma chérie, nous venions te dire au revoir. Tu vas beaucoup nous manquer ! Après ton retour, tu passeras une nuit ici, et nous viendrons te chercher pour partir en camping avec nous, d'accord ?

– Oui, je sais. Est-ce que les cousins seront là ?

– Oui. Ils arriveront deux jours plus tard. Nous avons autre chose à te dire, Goa, annonça Carla en s'asseyant. Nous avons choisi un prénom, et nous voudrions avoir ton avis.

– C'est vrai ? S'il est aussi bizarre que le mien, je démissionne de mon rôle de sœur, et aussi de fille, promis juré !

– **Nous allons l'appeler Martin,** déclara Alberto. Ça te plaît ?

Si elle s'attendait à ça… ! Étant donné que Carla était hippie comme son père, elle s'était imaginé qu'ils appelleraient leur fils Lotus, ou un truc comme ça. Mais… non ! Ils avaient choisi un prénom tellement commun qu'il y en avait trois dans sa classe.

– Martin, répéta Goa, écoutant résonner les syllabes comme si elle les essayait sur son petit frère. **Ça me va ! C'est joli, et surtout, c'est normal.**

– Autre chose… continua Alberto. **Aimerais-tu être sa marraine ?**

– Quoi ?

– Ce sera un baptême civil. Nous aimerions que Martin ait un lien spécial avec toi…

– Grande sœur ET marraine ? Vous êtes vraiment trop bizarres, vous savez ?

– Ce n'est pas faux ! admit son père.

Et tous se mirent à rire.

– Alors… tu acceptes ? demanda Carla.

– Bien sûr que oui !

Goa souriait. Elle n'en revenait pas ! Elle avait elle-même une marraine, Célia, une amie de ses parents. En plus de lui offrir des cadeaux pour son anniversaire et pour Noël, il lui arrivait de l'emmener dans les parcs d'attractions, manger une glace ou faire de la pâtisserie avec elle. Goa ne savait pas à quoi cela ressemblerait de faire toutes ces choses avec son filleul, mais elle accepta parce que, oui, cela lui faisait plaisir.

Julia, qui avait assisté à la scène, se tourna vers sa fille.

– Félicitations, ma chérie ! C'est fantastique. Et bienvenue à Martin !

En temps normal, Goa se serait sentie gênée. Mais pour la première fois, les voir tous ensemble lui sembla naturel.

LA MER

Zu, Julia et les enfants embarquèrent à vingt heures. Plutôt que des cabines, qui coûtaient trop cher en période estivale, ils avaient réservé des fauteuils pour passer la nuit. Klaus et Goa, à force d'être assis, finirent par avoir mal aux fesses.

– **On sort ?** proposa Klaus.

Goa acquiesça et se leva de son fauteuil.

– Ne tardez pas trop, d'accord ? leur dit Julia. Et regardez bien où vous allez, car ce bateau est très grand. Il est facile de se perdre.

– Oui, oui, répondit Goa.

Une fois qu'ils se furent éloignés, elle ajouta :

– Elle est lourde !

Goa trouvait que Klaus avait grandi. Il avait quelques boutons sur le visage, ses épaules étaient plus larges, et il ne ressemblait plus au garçon avec lequel elle était allée au supermarché quelques mois plus tôt. **Cela lui faisait toujours très bizarre de partir en vacances avec lui. Comment cela allait-il se passer ?** À présent, ils n'avaient plus besoin de la tablette pour se parler. À la place, ils l'avaient utilisée pour se filmer au moment de l'embarquement.

Un sacré fou rire !

Sur le pont, tout était sombre, on ne voyait que le reflet des lumières du bateau sur l'eau.

« Ouille ! pensa Goa, je suis sûre que je vais rêver de la mer, cette nuit… »

Klaus remarqua son malaise.

– **Elle te fait peur ?** demanda-t-il.

– Qui ça ?

– La mer.

– Pas peur, non, mais elle est impressionnante.

– Normal, elle est immense. Viens, on parle d'autre chose. On fait un selfie ?

Goa lui en fut reconnaissante. Klaus passa une main dans son dos et tendit l'autre bras pour prendre la

Hé, hé !

photo. Le premier essai fut un échec : on ne voyait rien. Et avec le flash, c'était pire.

– Argh ! dit Klaus tandis que Goa gloussait.

– Tu es un super-photographe ! dit-elle pour le taquiner.

– Eh bien vas-y, toi, fais-nous une photo avec le téléphone que tu n'as pas ! répliqua-t-il avant de se mettre à rire.

– T'es bête !

Il avait gagné. Mais un jour, elle aurait un portable, et elle était quasiment certaine qu'elle se débrouillerait bien mieux que lui !

Ils se retournèrent vers l'océan et s'appuyèrent sur la rambarde.

– Je suis super-content de partir en vacances, confia Klaus. L'année dernière, on était partis tous les quatre, mais mon père n'allait pas bien. C'était nul…

– Ces vacances-là seront beaucoup plus sympas, tu verras !

Sur le pont du bateau, Goa semblait avoir totalement oublié David. En revanche, elle se sentait très, très à l'aise en compagnie de Klaus. Il n'était pas aussi stylé que David, et il ne jouait pas les beaux gosses, mais avec lui, **Goa pouvait être elle-même à tout moment – et c'était pareil pour lui.** Goa le regardait différemment, désormais. **Est-ce que Klaus commençait à lui plaire comme lui plaisait David ?**

– Tu sais, j'ai rencontré plein des gens depuis que je suis arrivé en Espagne, mais c'est toi que je préfère.

WAOUH ! Goa ne savait pas quoi répondre. C'était elle qu'il préférait ? Sérieusement ?

La jeune fille inspira un grand coup. Elle avait attendu toute l'année que David lui dise quelque chose de semblable, et finalement, **c'était son ami d'enfance récemment retrouvé qui lui faisait une déclaration**.

– *Danke schön*, dit-elle.

– *Bitte schön*.

Ils éclatèrent de rire.

– Tu es le meilleur Santa Claus que j'aie jamais vu ! plaisanta Goa.

– Ah oui ? Ça tombe bien, j'ai un cadeau pour toi.

Klaus se rapprocha et lui planta un baiser sur la joue. Un baiser ! Un frisson parcourut le corps de Goa. Jamais un garçon ne l'avait embrassée. Soudain, elle

SHOW
YOURS

se sentit à la fois nerveuse et ravie. Mais avant qu'elle ait eu le temps de réagir, Klaus se mit à courir et s'écria :

– Le premier arrivé aux fauteuils a gagné !

Goa le suivit aussi vite qu'elle pouvait. À cet instant, elle se sentit heureuse, grande et libre. Cet été promettait d'être extraordinaire !

FIN

DITES-NOUS CE QUE
VOUS AVEZ PENSÉ DE

GOA

#mellamogoa

@LarousseJeunesse